双葉文庫

警官の貌

今野敏　誉田哲也
福田和代　貫井徳郎

目次 Contents

常習犯

今野敏

今野敏（こんの　びん）

一九五五年北海道生まれ。上智大学在学中の七八年「怪物が街にやってくる」で問題小説新人賞を受賞。レコード会社勤務を経て執筆活動に入る。以降、警察・格闘・伝奇小説などを次々に発表する。二〇〇六年『隠蔽捜査』で吉川英治文学新人賞、〇八年『果断　隠蔽捜査2』で山本周五郎賞と日本推理作家協会賞をそれぞれ受賞。芯の強い人物を描き続け、賞賛を集める。著書に『心霊特捜』『確証』ほか、「安積班」「ST　警視庁科学特捜班」などのシリーズ作品がある。

1

犯罪に季節は関係ないが、やはり、それぞれの犯罪によって多発する時期はある。たとえば、性犯罪は圧倒的に夏に多い。少年の家出なども、やはり夏に多発する。空き巣などの窃盗は、年末に増える。警察が年末年始の特別警戒をするのは、窃盗が頻発するからだ。

ゴールデンウイークや夏休みなどの時期は、年末に次いで窃盗が増える。

七月も半ばになって、梅雨が明け、本格的な夏が来ようとしている。暑くなると、どうしても戸締まりがおろそかになる。

子供たちが夏休みに入ると、田舎などに旅行する機会も増える。盗みを働く者にとっては稼ぎ時なのだ。

そして、体力が落ちてきた中年の刑事にはきつい季節だ。

萩尾《はぎお》秀一《しゅういち》は、警視庁捜査第三課・盗犯捜査第五係に所属する四十八歳の警部補だ。髪には白いものがかなり混じっており、いくら撫でつけても、左側の後頭部の髪が飛び出てしまう。

背広は、体に合ったものを着ているつもりだが、組んで仕事をしている武田秋穂《たけだあきほ》に、ぴしっとしていないと言われる。

ぴしっとしているという言葉の意味が実感できない。テレビのドラマに出てくる刑事たちと比べられているようだが、彼らは役者なのだ。見られることを仕事にしている連中と比較されても困る。

人の着こなしに口を出すだけあって、秋穂は見た目は悪くない。ショートカットで中肉中背。身長は一六〇センチほど、出るところはそれなりに出ている。だが、本人はいつも、痩《や》せたいとこぼしている。

これも、テレビドラマやファッション雑誌の影響だろうか。女はみんな不必要なほどに痩せたがる。

秋穂は、学生時代に陸上で鍛えたとかで、躍動的ないい体つきをしている。本人にはその自覚がないらしい。

「萩尾さん、すごい汗ですね」

秋穂が顔をしかめる。

中年男の汗を見るのが不快なのか、それとも萩尾のことを気の毒に思ってのことなのか、わからない。

後者だと思いたい。

「夏場の現場には参るな……」

「クールビズにすればいいのに……」

政治家が、沖縄のかりゆしウェアだか何だかを着ている姿が頭に浮かんだ。萩尾はそっとかぶりを振った。

背広を着ているから他人様《ひとさま》の前に出られるのだ。萩尾は、自分のノーネクタイのシャツ姿など想像したくもなかった。

第一、何を着ていいのかわからない。おしゃれなどとは無縁の生活を送って来た。

秋穂は、実にすっきりとした服装をしている。ただの白いシャツブラウスにグレーのパンツ姿なのだが、それが夏の日差しの中でちょっとまぶしく見える。

秋穂はたしか三十二歳だったか……。

昔は三十過ぎは年増だのオバサンだのといわれたものだが、今時の三十代の女性は若々しい。

世田谷区深沢六丁目にある一戸建てが、事件現場だった。古い日本家屋で、庭も広い。豪邸といってもよかった。

空き巣の被害にあったのだ。部屋は、台所やリビングルームの他に、六つもあった。その広い家で、老夫婦が二人で暮らしていた。

娘が二人いたが、それぞれ嫁いで別の土地で暮らしているという。

「最近の新築家屋は、それなりに防犯に気を配った作りになっていますが、古い家屋になると、やっぱり、ちょっと不用心ですね」

秋穂が言った。

「そうだな……」

適当に相槌《あいづち》を打つ。

所轄の盗犯係がやってきて捜査を始めている。鑑識が、黙々と作業をしていた。今時、フィルムのカメラなどあまりお目にかかることはないが、鑑識ではいまだに使用している。デジタルの画像は証拠能力が落ちるのだ。ベテランの鑑識係員に言わせれば、銀塩の写真は、デジタルと違って拡大しようとすればいくらでもできるのだそうだ。

肉眼で見えなかったようなものが、拡大していくことにより見えてくることがある。デジタルの画像ではそうはいかないというのだ。

レコードでも同じような話を聞いたことがある。実は、劣化や物理的なロスを度外視すれば、アナログのレコードのほうがＣＤなどよりずっと多くの情報を含んでいるのだという。

所轄の捜査員たちが、被害にあった老夫婦から、何を盗まれたか、など詳しく話を聞いている。

窃盗犯は、所轄に任せることが多い。本庁捜査三課からこうして萩尾が現場にやってきたのは、手口が見たかったからだ。

空き巣狙いにもいろいろある。

侵入の手口がさまざまだ。たいていは、窓ガラスなどを割り、内鍵を開けて侵入するというものだ。

トイレの小さな窓から侵入するという、まるでアクロバットのような犯人もいる。

今回の場合、どこの窓も壊されていなかった。自宅の中も、それほど荒らされた様子はなかった。

犯人は、まるでどこに何があるのかを、あらかじめ知っていたように、現金を盗んで逃走したという。

被害者の老夫婦は、しばらく泥棒が入ったことにすら気づかなかったらしい。リビングルームにあるサイドボードの引き出しに、現金十万円ほどをしまっておいた。そのうちの五万円がなくなっていたそうだ。

生活費として、信用金庫から下ろしてきたばかりだったという。現金がなくなったので、夫婦は互いを疑った。話をしているうちに、これは変だということになり、ようやく警察に通報したのだ。

老夫婦は、二人で買い物に出かけていた。それが、午前中のことで、時間にして三十分ほどだったという。

犯人は、その隙《すき》に人知れず侵入して、現金のありかをつきとめ、奪って逃走したということになる。

その話を聞いた瞬間に、プロの仕業だと、萩尾は思った。それで、すぐに現場に駆けつけたのだ。

鑑識の話だと、勝手口のドアにピッキングの跡があったそうだ。玄関には、同じ鍵で開く錠が二つ取り付けてある。

空き巣狙いは、侵入するまでの時間にこだわる。一秒たりとも長く同じ場所にとどまっていたくないのだ。

同じ錠であっても、二つあれば、解錠するのに、倍の時間がかかる。空き巣狙いはそれを嫌がるのだ。だから、複数の錠をつけることは、それなりの意味がある。

だが、玄関にそういう措置をする人でも、勝手口がおろそかになる場合が多い。一般の人々は、被害にあうまで、自分は空き巣狙いなどの盗犯とは無縁だと思っている。

いちおう戸締まりなどの警戒はするものの、本気で心配してはいない。実際に被害にあって、初めて愕然《がくぜん》とするのだ。

撮影を終えた鑑識係が、声をかけてきた。

「ピッキングの跡です。見ますか？」

「見せてもらおう」

勝手口に回ると、秋穂がぴたりとついてきた。細い通路は日陰になっていて、多少は涼しかった。

勝手口の周囲は、すでに鑑識が靴跡を採取した形跡があった。

萩尾は、かがみ込んで錠を観察した。一般的なシリンダー錠だ。より安全な電子ロックなどが次々と開発されているが、いまだにこうしたシリンダー錠が多く使用されている。

シリンダー錠は、筒を内外に重ねた構造で、内側の筒を鍵で回転させることで解錠する。筒の回転をストップさせるのが、何本かのバネ付きのピンだ。

鍵のでこぼこは、このピンを押し下げるためのものだ。

ピッキングは二本の細い鉤《かぎ》状の金属棒を使用する。一本でバネ付きのピンを押し下げておいて、もう一本でシリンダーを回転させるのだ。

バネ付きのピンを押し下げるときに、鉤状の金属棒を何度も引っ掻《か》くように動かす。その際に、鍵穴の付近に独特の微細な傷がつく。

その傷に特徴がある。常習犯には独特の癖がある。

秋穂が萩尾に尋ねた。

「どうです？」

「ああ……」

「犯人の目星はつきましたか？」

萩尾は立ち上がった。とたんに、立ちくらみがして、ドアの脇に手を突いて目を閉じていた。

「間違いないな。『牛丼の松』の仕事だ」

「『牛丼の松』……。常習窃盗犯の松崎啓三《まつざきけいぞう》ですね？」

「実際に会ったことはあるか？」

「ありませんが、資料は頭に入っています」

秋穂は仕事熱心だ。その点はおおいに買える。あとは経験を積むだけだ。これればかりは教えることはできない。

プロの窃盗犯が独自に技術を磨くように、盗犯担当の三課の刑事も、自分自身の捜査技術を身につけなければならない。

「所轄の捜査員に、情報提供しますか？」

刑事が持っている知識や情報は、長年にわたってこつこつと積み上げてきたものだ。おいそれと他人に知らせたくはない。

だが、そんな個人的な意地を張っているときではない。被害者のためにも、一刻も早く犯人を検挙しなければならないのだ。

「そうだな。所轄の誰かを呼んできてくれ」

「わかりました」

秋穂が細い路地を駆けて行った。この暑さの中、よく走る気になるものだ。つくづく若さがうらやましい。

萩尾は、ドアノブの鍵穴を見つめていた。

間違いはない。あいつの仕業だ。

萩尾は、溜め息をついていた。『牛丼の松』を初めて検挙したのは、いつのことだったろう。お互いにまだ若かった。

あいつは、何度も娑婆《しゃば》と刑務所を行き来している。もう、六十五歳になるはずだ。

また、彼を刑務所送りにしなければならないのか……。

今度娑婆に出てくるときは、いくつになっているだろう。

秋穂が、玉川署の刑事課盗犯係の係長を連れて戻って来た。

名前は、合田《あいだ》。階級は萩尾と同じ警部補。年齢もだいたい同じだ。だが、白髪が少なく、若く見える。

「ハギさん。ホシの見当がついたって？」

「ああ、手口、現場の様子、ピッキングの跡……。間違いない」

「何者だ？」

「『牛丼の松』っていうんだ。知ってるかい？」

「いや、知らないな。そいつは、牛丼が好きなのか？」

「そうじゃない。『早い、うまい、安い』で牛丼の二つ名がついた」

「早い、うまい、安い……？」

「仕事が早い。鍵開けや盗みの技術が巧《うま》い。大金は盗まない。見つけた金の半分だけを持ち帰ることが多い。それで、安い、だ」

「なるほどね……」

萩尾は、『牛丼の松』の本名と年齢を教えた。

「それで、所在は？」

「いちおう、カイシャに戻れば住所の記録はあるが、そこには住んじゃいないだろうな……」

　カイシャというのは、警察官が自分の所属庁舎をいうときの符丁だ。

「住所不定というわけか？」

「まあ、そういうことだな」

「ハギさんの判断を疑うわけじゃないが、どうして、この件がその『牛丼の松』の仕業だと考えたのか、その根拠を教えてもらいたいんだが……」

　当然の要求だ。警察官は、事案について知り得た事実をすべて記録に残さなければならない。その記録が、公判の結果を左右することもある。できるだけ詳しい記録が必要なのだ。

　萩尾は説明を始めた。

「まず、現場の様子だ。『牛丼の松』には、熟練した眼が備わっている。家屋に侵入したとたんに、金目のもののありかがわかるんだ。箪笥《たんす》だのサイドボードだのの引き出しをひっくり返す必要がない。だから、部屋の中はきれいなままで、被害者が泥棒に入られたことに気づくまで時間がかかったりする」

　合田係長はうなずいた。

「まさに、今回の現場そのものだな」

「鍵開けに要する時間は、普通のシリンダー錠なら十秒に満たない。侵入するまでも早いし、金のありかにもすぐに見当が付くので、侵入している時間がすごく短い」

「被害にあったのは、老夫婦が、買い物にでかけたほんの三十分ほどの間だった」

「『牛丼の松』なら、三十分もあれば、お釣りがくる。そして、このピッキングの跡だ。これは、『牛丼の松』のつけた跡だ」

「どうしてそれがわかる?」

「やつは、左利きなので、特徴がある傷がつく。そして、技術が巧みなので、何度もピンを引っ掻く必要がない。だから、傷の数が少ない。これ以上のことは、口では説明できないな」

「わかるよ。盗犯専門の刑事の眼は、美術品の鑑定士と同じだ。他人には判別できなくても、馴染みの常習犯のものならすぐにそれとわかる。……だろう」

「そういうことだ」

「わかった。貴重な情報だ。恩に着るよ。……で、俺たちが挙げていいんだな?」

「あんたらの事案だよ」

「捕り物のときは声をかけるよ」

「気をつかわなくていい」

そろそろ引け時だ。

萩尾は、合田係長にうなずいてから勝手口を離れた。秋穂がすぐ後ろについてくるのが足音でわかる。

家を離れるとき、被害者の老夫婦の姿が見えた。捜査員がまだ話を聞いている。

二人は泥棒に入られたことに困惑している様子だが、それほど深刻な顔はしていない。十万円のうち、五万円を盗まれた。

被害者のダメージが少ない。それも、『牛丼の松』の特徴の一つだ。だからといって、野放しにはできない。

「いいんですか?」

秋穂が尋ねてきた。

「何がだ?」

「本当は、萩尾さんが捕まえたいんじゃないですか?」

「だから、何の話だ?」

「『牛丼の松』ですよ」

「玉川PSの仕事だ」

「知らない仲じゃないんでしょう?」

「過去に何度か挙げたことがある。それだけのことだ」

どこか冷房がきいたところに入りたかった。だが、最近は街中にも喫茶店がなくなってきた。

「何度か挙げたことがある。それは、やっぱり普通の関係じゃないですよ。盗犯担当の刑事と犯人の間には、特別な感情が芽生えると聞いたことがあります」

「気持ちの悪いことを言うな。俺が犯人に恋でもするってのか？」

「特別な感情というのは、そういう意味ばかりじゃありませんよ」

「俺は、『牛丼の松』を特別だと思ったことはない」

「でも、彼の手口に精通している。一種の尊敬の気持ちがあるんじゃないですか？　だとしたら、萩尾さんが検挙すべきです。きっと、向こうも萩尾さんになら捕まってもいいと思ってるんじゃないですか？」

萩尾は立ち止まった。

「おい、勘違いするな。俺は刑事だ。窃盗犯を捕まえるのが仕事だ。そのためには相手を知らなけりゃならない。必死に知ろうとするんだよ。だから、手口にも詳しくなる。ただそれだけのことだ。それにな、どんな泥棒だって、捕まりたくはないんだ。俺にだったら捕まってもいいなんて思っている窃盗犯は、一人もいない。テレビドラマじゃないんだ」

秋穂は、びっくりした顔で萩尾を見ていた。萩尾は、語気を荒げたことをちょっと恥ずかしく思った。

あたりを見回した。住宅街で、涼めそうな店も見当たらない。駅の近くまで行って、コーヒーでも飲める店を探すことにした。そして、秋穂におごってやろうと思った。

2

玉川署から、何の知らせもないまま三日が過ぎた。

その日は、午前中は晴れていたが、午後になって急に雲行きが怪しくなってきた。

これは、一雨来るなと思っているところに、通信指令センターからの一斉指示の無線が流れた。

玉川署管内で、強盗殺人事件が起きた。住所は、世田谷区瀬田三丁目。

空き巣の次は、強盗殺人か。玉川署も災難だな。

萩尾はそんなことを思っていた。

強盗殺人ならば、捜査一課の出番だ。萩尾の出る幕ではない。だが、隣の席の秋穂は、ちょっとそわそわしている。

「何だ？　小便でも我慢しているのか？」

「私たち、何か手伝い、できませんかね？」

萩尾は、驚いて秋穂を見つめた。

「強盗殺人だぞ。俺たちに何ができる？」

前面に出ていた秋穂のやる気が、みるみるしぼんでいくのがわかった。

「そうですよね……」

「何でもかんでも首を突っこもうとするな。そのうちに、忙しくて身動きが取れなくなるぞ」

「わかっています」

萩尾は、鼻から吐息を洩らした。秋穂の気持ちはわかっている。彼女は、苦労して刑事になった。

そして、彼女は捜査一課に憧れているのだ。捜査一課は、刑事部の花形だ。人の命を奪うという重大な犯罪を扱うのだ。

彼らの胸には、Ｓ１Ｓという金文字のバッジが輝いている。最初のＳは、捜査あるいはＳｅａｒｃｈの頭文字、数字の１は一課を表し、最後のＳは、Ｓｅｌｅｃｔを意味する。

選ばれた捜査一課という意味だ。彼らのエリート意識を表している。

若い捜査員たちが憧れるのも無理はない。だが今、秋穂は三課の捜査員なのだ。捜査一課の仕事を気にすることはない。

「でも……」

秋穂が言った。「三日前の空き巣が、世田谷区の深沢六丁目。今度が、同じく世田谷区瀬田三丁目です。近いですよね」

「『牛丼の松』は、空き巣狙い専門だ。強盗なんぞやらない。ましてや、殺人など……」

「やっぱり、『牛丼の松』にそれなりの思い入れがあるんですね」

「思い入れなどない」

「空き巣狙い専門だからって、強盗をやらないとは限らないでしょう？ 留守だと思って侵入したら、住人がいて、勢い強盗になっちゃうとか……」

「あいつは、そんなヘマはやらないよ」

「ほら、それが思い入れじゃないですか」

萩尾は深呼吸してから言った。

「おまえは、捜査一課に行きたいらしいな」

「まあ、そうですね」

「捜査一課が、刑事部で最高だと思っているのだろう」

「刑事なら誰でも一度は憧れるんじゃないですか？」

「捜査一課と俺たち三課の一番の違いは何だかわかるか？」

「一番の違いって……。捜査一課は殺人などの強行犯を担当して、私たちは盗犯を担当する。それが違いでしょう」

「そういうことじゃない」

「じゃあ、何です？」

「捜査一課が相手にするのはたいていは素人だ。殺人も放火も強姦も、プロというのは滅多にいない。だが、俺たちが相手にしている窃盗犯は、空き巣狙いにしてもスリにしても、プロが多い。俺たちはプロを相手にしているんだよ」

秋穂は、反論せず、じっと話を聞いていた。萩尾は続けて言った。

「『牛丼の松』は、プロ中のプロだ。だから、間違いは犯さない」

「プロでも間違いは犯すんじゃないですか？」

「『牛丼の松』に関していえば、これまで一度も強盗などやったことはない」

秋穂は、ふうんと言って考え込んだ。

彼女の反応は、いつも素直だ。思ったことをはっきりと言ってくる。だから、憎めない。

萩尾は、彼女を部下として気に入っている。

たしかにまだ三課捜査員としての経験は少ない。だが、妙に勘が働くことがある。強盗殺人の犯人は、『牛丼の松』ではあり得ない。そう思っていたが、秋穂の言ったことが妙に気になりはじめた。

二つの事案の現場は近いが、それがかえって強盗殺人が『牛丼の松』の仕業でないことを物語っているとも思える。

プロは、一度仕事をした地域で二度目の仕事をすることを避けるものだ。当然、住民は用心するようになるし、警察の警戒も強まる。仕事がやりにくくなるのだ。

窃盗犯は、危険を避けたがるものだ。

だが、百パーセントそうかと問われると、自信がなくなってくる。何かの都合で、それほど離れていない場所で、再び仕事をしなくてはならなくなることもあるかもしれない。

くそっ。秋穂のせいで、妙な胸騒ぎがしてきたじゃないか……。

萩尾は、溜まっている書類仕事に集中しようとした。

その日の四時過ぎに、係長に呼ばれた。係長の名は、猪野勝也《いのかつや》。五十一歳の警部だ。まるで熟練職人のような雰囲気を持っている。

長年盗犯係にいると誰もが似たような感じになってくる。マル暴がヤクザのような風貌《ふうぼう》になるのと同様に、三課の捜査員は職人肌が前面に出てくるのだ。

おそらく自分もそうなのだろうと、萩尾はいつも思っていた。

猪野係長が言った。

「ハギさん、深沢の空き巣狙いの現場に臨場したんだよな」

「はい」

「それで、目星はついたのか?」

「『牛丼の松』の仕業に間違いないですね」

猪野係長は、顔をしかめた。その理由がわからず、萩尾は眉をひそめた。

「すぐに、『牛丼の松』の資料を持って、捜査一課に行ってくれ。池谷《いけたに》管理官が待っている」

萩尾は戸惑った。

「どういうことです?」

「『牛丼の松』こと、松崎啓三が、瀬田三丁目の強盗殺人事件の被疑者として逮捕された」

一瞬、何を言われたかわからなかった。

「松崎は、もう六十五歳ですよ。それが、強盗殺人だなんて……」

「詳しい話は、捜査一課で聞いてくれ」

萩尾は席に戻って、『牛丼の松』についての資料をまとめようとした。だが、頭が回ってくれない。

茫然《ぼうぜん》としていると、秋穂が声をかけてきた。

「どうしたんです？　係長、何の用だったんですか？」

「おまえさんが言ったとおりになった」

「え……？」

「『牛丼の松』が、強盗殺人の被疑者として身柄確保されたらしい」

「瀬田三丁目の件ですね？」

「ああ、捜査一課で、『牛丼の松』に関する資料を求めているという」

「強盗殺人の捜査に参加できるんですか？」

萩尾は、思わず秋穂の顔を見ていた。

「そんなにうれしそうな顔をすることはないだろう」

「すいません。つい……」

「捜査一課はプライドが高いからな。俺たちなんて、情報提供者くらいにしか思ってくれないぞ」

「それでも手伝いができればいいと思います」

「捜査一課を手伝う前に、まず俺を手伝ってくれ。『牛丼の松』の資料をかき集める」

「わかりました」

作業にはそれほど時間はかからなかった。いくつかのファイルの中の書類をコピーするだけのことだ。

ファイルには、これまで萩尾がこつこつと集めた情報がぎっしり詰まっている。その原本を捜査一課に渡すつもりはなかった。

コピーの束をファイルに綴じて、捜査一課に向かった。

池谷陽一《よういち》管理官は、苛立《いらだ》った様子で待っていた。

「逮捕された松崎啓三は、常習犯なんだな?」

そう尋ねられて、萩尾はこたえた。

「はい。しかし、強盗殺人というのは、どうも解《げ》せません」

「解せないも何も、目撃者もいるし、容疑は固いよ。それが資料か?」

「はい」

「ごくろう」

資料を受け取ったら、あとはもう用はないという口ぶりだ。

「あの……」

「何だ？」

「逮捕にいたる経緯を教えていただけませんか？」

「松崎啓三が、瀬田三丁目にある一軒家に侵入した。空き巣が専門なんだって？　おそらく留守宅だと思って侵入したところ、住人がいたので、居直り強盗となったわけだ。被害者は、七十五歳の老人だ」

「凶器は何です？」

「包丁だ。侵入した家で使っていたもののようだ」

「『牛丼の松』は、仕事をするときに武器など持っていないはずです」

「家にあった包丁で刺したというんですか？」

「ああ、そういうことだろう」

池谷管理官は、萩尾が渡した書類に眼を通しはじめていた。もう、三課とは話すことはないという態度だ。

「被疑者は、犯行を認めているんですか？」

池谷管理官が顔を萩尾に向けた。むっとした顔をしている。

「そんなことは、捜査一課の仕事だ。俺は、資料を持ってきてくれと言っただけだ」

萩尾は、ここで引くつもりはなかった。相手が管理官だろうが課長だろうが、言いたいことは言う。

「情報提供したんです。質問するくらいはいいじゃないですか。私は、被疑者とは知らない仲じゃない。被疑者がどうしているか、知りたいと思うのは当然でしょう」

「知らない仲じゃない……？」

池谷管理官はちょっと意外そうな顔をした。

「被疑者と付き合いがあるのか？」

「捜査一課と違って、三課ってのはそういうところですよ。相手はたいてい常習犯のプロです」

できるだけ皮肉に聞こえないように気を付けて言った。池谷管理官の態度が変わった。ようやく萩尾に関心を持った様子だ。手にしていた資料を机の上に置いて、体を萩尾のほうに向けた。

「具体的にはどういう付き合いなのか教えてくれ」

「何度か、挙げたことがあります。互いに手の内を知り尽くしているとでも言いますか

……」

「俺にも経験がないわけじゃない。互いにプロとしてのプライドがあるということだな」

「犯罪者に対してプライドという言葉は使いたくありませんが、自分の技術を磨いていることは認めなければならないと思います」

管理官は何事か考えている様子だった。やがて彼は言った。

「被疑者は、犯行を否認している。今、取り調べの真っ最中だから、会わせてやることはできないが……」

「一段落ついてからでいいです」

「わかった。そのときは必ず声をかける」

「お願いします」

萩尾は丁寧に礼をしてから管理官の席を離れた。秋穂がコバンザメのようにくっついてくる。

自分の席に戻ると、秋穂が言った。

「『牛丼の松』に会ってどうするつもりですか？」

「どうするって……。別に……。ただ顔を見てやりたいだけだよ」

「嘘《うそ》です」

「嘘……？」

「強盗殺人なんかやってないって思ってるんじゃないですか？」

「係長から話を聞いたときは、まさかと思ったよ。だが、捜査一課が挙げたんだからな……」

「何か事情があるのかもしれませんね」

とにかく、話を聞いてみたい。今は、捜査一課からの知らせを待つしかない。


取り調べは、夜になっても続いているようだった。萩尾は帰宅する気になれなかった。

このまま、何時になっても捜査一課からの知らせを待つつもりだった。

「おまえさんは、帰っていいぞ」

萩尾は秋穂に言った。秋穂は、かぶりを振る。

「私も、待ちます」

「それは、おまえさんの勝手だが、松には、俺一人で会うぞ」

「私は同席させてくれないんですか？」

「他のやつがいると、話すことも話さなくなっちまう。そういうもんだ」

「信頼関係ですか？」

「違うな。保身だよ」

「同席させてもらえなくてもいいです。私も知らせを待ちます」

「いいさ。おまえさんの好きにすればいい」

捜査一課から呼び出しがあったのは、午後九時過ぎのことだった。

取り調べにはベテラン捜査員が当たる。『牛丼の松』を取り調べたのもそうだった。これまで何人も落としたことがあるのだろう。スピード逮捕された被疑者を落とすことに自信があったに違いない。

そのベテラン捜査員は、五十歳を過ぎているようだが、鋭い眼をしていた。長年強行犯を相手にしてきた眼だ。殿村《とのむら》と名乗った。

彼は萩尾に言った。

「やつを知ってるんだって？」

「はい。何度か挙げたことがあります」

「おそろしく強情なやつだな」

「否認していると聞きましたが……」

「人など殺していない。そう言ったきり、ダンマリだ」

黙秘は、被疑者の権利だ。だが、それを、はいそうですかと許すほど、捜査一課の捜査員は甘くないはずだ。

あの手この手で攻め落とそうとする。自白が取れれば、一件落着だからだ。

『牛丼の松』は、その厳しい追及に対して、黙秘を続けている。ぜひ話を聞いてみたいと思った。

「会わせてもらえますね？」

殿村は、じっと萩尾の顔を見つめてから言った。

「あんたなら、何か聞き出せるか？」

萩尾は、うなずいた。

「聞き出せると思います」

「よし、いいだろう。やってみてくれ」

取調室に向かおうとした萩尾に、秋穂が小声で言った。

「あんなこと言っちゃって、だいじょうぶですか？」

「心配するな」

取調室の前まで来た。「おまえさんは、廊下で待っているつもりか？」

「はい。何時間でも待ちます」

萩尾は苦笑した。

「そんなにかからないよ」

記録係とともに、取調室に入った。本当は二人きりで話をしたかったのだが、そうもいかない。

萩尾を見て、『牛丼の松』こと松崎啓三は、ほっとしたような表情を見せた。

「久しぶりだな、松崎」

萩尾が言うと、松崎はこたえた。

「ようやく知っている顔が出てきたな……」

年を取ったな……。

そう感じた。髪はほとんどが白くなっている。それを、神経質なくらいに短く刈っている。自分で刈るのだと言っていた。

顔にはしわが目立つ。こいつが年を取ったということは、それだけ俺も年を取ったんだな……。

「ダンマリを決め込んでるんだって？　らしくないじゃないか」

「ダンマリしかねえよ。どうせ何言ったって、信じてくれねえからな」

「本当のことを話せばいいんだ」

「ふん。俺を取り調べたやつらは、あらかじめ筋書きを用意してやがった。俺が署名して拇印を押しゃあ、それで終わりだ」

「どんな筋書きだ？」

「俺が空き巣に入っているところに、住人が帰ってきた。そこで、俺はうろたえて台所にあった包丁で、そいつを刺しちまったってんだ」

「そうじゃないのか？」

「もし、そうなら、返り血を浴びているじゃねえか」

捜査一課の連中だって、当然そのことは承知しているはずだ。

「それについては、取調官は何と言ってたんだ？」

「どこで服を着替えたんだ。そう繰り返し質問するわけよ。俺は仕事をするときに、着替えなんて持っていかねえよ。そんなかさばるもの持ってちゃ仕事がやりにくいからな」

たしかに、これまでの仕事のやり方を考えると、彼の言うとおりだった。

「話してみなよ。本当はどういうことだったんだ？」

松崎は、じっと萩尾を見て黙っていた。萩尾は言った。

「おいおい、俺にもダンマリか？」

「俺は、これから一生ムショ暮らしでもいいんだ」

「そんな話を聞きたいんじゃない。本当は何が起きたか、を知りたいんだ」

それでも、松崎は話題を変えようとしなかった。

「ムショで知り合ったやつらって、必ずまたムショに戻るんだ。まあ、チンケな盗みをやってる連中だけどな。どうしてかわかるか？」

「さあな」

「娑婆にいられないからさ。ただでさえ不景気でまっとうな仕事がない。前科持ちには、なおさらだ。仕事がなければ食っちゃいけない。ホームレスになるしかねえんだよ。それなら、三食付きのムショのほうがいい」

「ばか言うなよ。刑務所がどんなところか、よく知っているだろう。楽ができるところじゃない」

「俺たちにとっちゃ、娑婆にいるより楽なんだよ。飯の心配はねえ。病気すりゃ医者が診てくれる……。ハギさんよ、ムショの常連ってどんなやつらか知ってるかい」

「知らん」

本当は知っているが、そう言った。今、松崎はしゃべりたがっている。それを邪魔したくなかった。

「俺みたいに身寄りのない年寄りとか、仕事につけないような障害があるやつとか、ちょっとオツムが足りないやつとか……。本当は、ちゃんとした施設で面倒見なくちゃならないような連中が、行き所なくてやってくるんだ」

松崎が言っていることは嘘ではない。だが、政治が悪いなどと言ったところで始まらない。警察官は、罪を犯した者を検挙しなければならない。有罪になって懲役刑となった者は、服役するしかないのだ。

「だから言ってるだろう。おまえがムショに戻りたいかどうかなんて、俺には関係ない。本当の話を聞きたいだけだって……」

松崎は、突然、にっと笑った。

「本当の話か……。いいよ。聞かせてやるよ。俺は、あの家に忍び込んだ。そのときには、すでに人が死んでたんだ。どうだ、信じるか？」

萩尾は相手の質問にはこたえず、逆に尋ねた。

「忍び込んだと言ったな？　そのとき、その家はすべて施錠されていたのか？　それとも、どこかの出入り口や窓が開いていたのか？」

「きっちり全部の窓は開かない状態になっていたし、すべての出入り口に鍵がかかっていた」

「ピッキングで侵入したんだな？」

「そうだよ」

「それからどうしたんだ？」

「そんなところにいてどうするよ。すぐにトンズラしようとした。そこを誰かに見られたんだな。緊配《きんぱい》ってのかい？　その網にひっかかって、お縄だ」

「逃げるときに人に見られるなんて、それも、らしくないな」

「普通じゃなかったからな。そりゃ、血だらけの死体が転がってたんだ。仰天したよ。まずいと思って、ちょっと慌ててた……」

「現場で何か見たか？」

「俺が、死体を見たとき、何を思ったかわかるか？」

「わからん」

「強盗の現場の後だったら、金目のものは残ってねえな……。そう思ったんだ。だがよ、金はあった」

「金を見たのか？」

「そうじゃねえ。だが、金のありかはだいたいわかるさ。あの家の場合、台所にある食器棚の引き出しの中だ。だが、その引き出しは引っ張り出されてもいなかったんだよ」

「犯人がもとに戻したんじゃないのか？」

「あんた、盗人《ぬすっと》相手の刑事を何年やってんだよ。強盗犯が、現場の引き出しやら棚やらを元通りにするか？」

　たしかにそれはない。

「三日前、深沢六丁目で空き巣狙いがあった。あれはおまえの仕業だな？」

松崎は、笑いを浮かべた。

「あんたにはわかると思ってたよ」

「その三日後に、またそれほど離れていない場所で仕事をしようとした。なぜだ？」

松崎の笑いが苦笑に変わった。

「借金取りに稼いだ金を全部巻き上げられた。電車賃もなかったんだよ」

萩尾はうなずいた。

振り向いて記録係の捜査員に尋ねた。

「今の、記録したかい？」

「いちおうはな。でも、信憑性《しんぴょうせい》はないと思う」

「ほらな」

松崎が言った。「そいつらは、はなっから俺の話を信用してねえんだ」

萩尾は、うなずいて立ち上がった。

「いいから、ちゃんと本当のことをしゃべれよ。弁護士呼んでやるからよ」

「ちょっと」

記録係が気色ばんだ。「勝手なこと言わないでくれよ」

「何だよ。弁護士呼ぶのは、被疑者の正当な権利じゃないのか？　それとも、捜査一課ってのは、そういうの無視してもいいくらい偉いのか？」

萩尾は相手の反論を聞く前に、取調室を出た。廊下にいた秋穂がすぐに近づいてきた。

「どうでした?」

「世間話みたいなもんさ」

「『牛丼の松』はしゃべったんですね?」

「これから報告に行くよ」

萩尾は、殿村のところに戻った。

3

「しゃべりましたよ」

「本当か? いっしょに管理官のところに行こう。うちの係長もそこにいる」

池谷管理官のところに移動して、萩尾は報告を始めた。

「松崎が忍び込んだときには、すでに殺人の犯行の後だったと言っています」

殿村は、がっかりした顔になった。

「なんだ、聞き出したのは、そんな寝言か?」

「寝言かどうか知らないが、被疑者の供述だ。ちゃんと裏を取る必要があるんじゃないのか？　あんたらは、自分たちが描いた絵図を松崎に押しつけようとしただけだろう」

「状況から判断したんだ。押し入った痕跡は一つだけ。裏口のピッキングの跡だけだ。つまり、侵入したのは、松崎だけだ。そして、松崎は、逃走するところを目撃されている。あいつの容疑は固い」

「松崎は、身柄確保されたときに返り血を浴びていなかった。あいつが刺したのなら、当然返り血を浴びていなければおかしい」

「どこかで着替えたんだろう。それも追及するつもりだ」

「あいつは仕事をするときに、着替えなど持っていない」

「それは確認された事実じゃない。過去の犯行のときにそうだったからといって、今回もそうだとは限らない」

萩尾は、かぶりを振った。

「プロはやり方を変えない。いつもと違うことをすれば、それだけリスクが増えるからだ。やり方を変える理由もない。松崎は、あくまで空き巣狙いのつもりで、あの家に侵入したんだ」

「あいつが、侵入したとき、窓も出入り口もすべて施錠されていた。それは、鑑識が確認済みだ。つまり、あいつしか侵入した者はいないんだ」

「そうとは限りません」

秋穂が発言したので、その場にいた男たちは、全員注目した。秋穂は続けて言った。

「あの家の鍵を持っている者が犯人なのかもしれません」

萩尾は、秋穂の発言を補うように言った。

「松崎は、あの家に金が残されていたと言った。強盗事件なら、金が残っているというのは不自然だ」

殿村が言った。

「空き巣だと思って侵入したが、住人が家の中にいた。松崎は驚き、度を失って住人を刺し殺す。予定外のことだったので、慌てて何も盗らずに逃走した……。そういうことだろう」

それまで、無言でやり取りを聞いていた池谷管理官が言った。

「たしかに、それであの状況は説明がつく」

萩尾は首を横に振って言った。

「それを証明する物証はあるんですか？　仮説なら他にも成り立ちます」

「ほう……」

池谷管理官が言った。「例えば、どんな……？」

「鍵を持った人物が、被害者を殺害したのです。金品が目的ではなかった。だから、何も盗らなかった。その人物は、返り血を浴びていたはずですが、逃走する前に着替えたのでしょう。彼は、現場をあとにするときに、鍵をかけて行った。その姿を目撃されても不自然ではなかった人物だったのかもしれません。そういう出来事があった後に、松崎が侵入してしまった。現場を目撃して、松崎は慌てて逃げ出す。そのときに目撃されたというわけです」

池谷管理官は、しばらく無言で考え込んでいた。

「ふん。盗犯係は、窃盗犯といつしかなあなあになっちまうからな……」

殿村が言った。「つい、よく知っている常習犯をかばいたくなるんだろう」

「そんなことはありません」

秋穂がきっぱりと言った。「萩尾さんが、『牛丼の松』のことをよく知っているのは、彼を検挙するためなんです」

殿村が顔をしかめた。

「さっきから勝手に発言しているこの気の強いお嬢さんは何者だ」

萩尾は、相手を見据えて言った。

「俺の相棒だ。文句あるか」

池谷管理官が言った。

「それぞれの立場によって見方が違うのはわかった。だが、今のところ被疑者は、松崎だけだ」

萩尾は、管理官に言った。

「あの家の鍵を持っているような人物がホンボシの可能性があるんです。被疑者が嘘を言っているという前提で考えていませんか？　本当のことを言っているとしたら、別に殺人犯がいるということになります。物取りの犯行じゃありません。殺害した後、金品を持ち去っていないのですから……」

「つまり、怨恨か何かのトラブルが動機だと……？」

「被害者の身内や交友関係の鑑取りはどうなっているんです？」

池谷管理官と係長、そして、殿村の三人は互いに顔を見合った。

管理官がこたえた。

「被疑者がスピード逮捕されたんだ。そういう捜査にはあまり力を入れていない」

「これは、三課の私が言うことじゃないかもしれませんが、今からでも徹底して鑑取りをやるべきだと思います」

管理官と係長が小声で何かを相談しはじめた。

殿村が言った。

「松崎を落とせばいいだけのことだ。余計な口出しはするな」

「あんたが行っても、またダンマリを決め込むだけだよ」

「何だと……」

「よさないか」

池谷管理官が渋い顔になった。彼は、萩尾を見て言った。

「君の言いたいことはよくわかった。だが、捜査一課の方針として、今のところ、松崎から自白を取ることを最優先に考える」

殿村が、勝ち誇ったような顔で萩尾を見た。

秋穂が悔しそうに鼻から吐息を洩らすのが聞こえた。

萩尾は言った。

「被害者は、包丁で刺されたと言いましたね？　傷はどんな具合だったんです？」

殿村がこたえる。

「正面から腹部を複数刺されている。包丁をこう右手で持って突き出したんだな……」

「右手で……？　それは確かですか？」

「ああ、刺創《しそう》を見ればわかる。刺創がわずかに斜めなんだ。刃の側が若干左に寄っている。

これは右手で刃物を持ったときの特徴だ」

萩尾は言った。

「松崎は左利きです。刃物を持つなら左手で持つはずです」

捜査一課の三人は、それを聞いて驚きの表情で、萩尾を見ていた。

やがて、池谷管理官が言った。

「なるほど。それは参考になる意見だ。捜査一課の方針は変わらない。だが、君が示唆したように、別の被疑者がいる可能性も考慮しなければならない。鑑取りを徹底する」

萩尾は無言でうなずいた。


三課に戻ると、秋穂が言った。

「捜査一課の連中って、意外と頭が固いんですね」

「そうじゃない。彼らは、おそろしく多忙なんだ。スピード逮捕された被疑者がいたら、それをなんとか落とそうとする。それは当たり前のことなんだ」

「でも、『牛丼の松』は犯人じゃない。私もそう思います」

「おまえさんがそう言ってくれて、心強いよ」

「茶化さないでください」

「別に茶化しちゃいない」

「これからどうするんです？」

「これから……？」

「私たちで真犯人を捜すとか……」

萩尾は、あきれて秋穂を見た。

「たった二人きりで、何ができる？　それに、殺人の捜査資料はすべて捜査一課にあるんだ」

「じゃあ、何もしないんですか？」

「やるべきことはやった。あとは、捜査一課に任せるんだ。彼らはきっと真相を突きとめる」

「本気でそう思っているんですか？」

「それが警察ってもんだよ。捜査一課だってプロなんだ。殺人のことは、彼らに任せるしかない。俺たちは、三課なんだからな」

秋穂は、納得していない顔をしている。

彼女はまだ若いのだ。自分が真犯人を挙げて、捜査一課の連中の鼻を明かしてやりたいと考えているのだろう。

だが、殺人事件に三課はお門違いだ。すでに充分に出過ぎた真似をしてしまったと、萩尾は思っている。

捜査一課を信じるしかない。彼らは敵ではない。仲間なのだ。仲間を信じられなくなったら、刑事は終わりだ。

萩尾は、秋穂に尋ねた。

「もしかして、手柄を立てれば、捜査一課に引っぱられるかもしれないと考えているのか？」

秋穂は、即座にこたえた。

「いいえ、そんなこと、考えてません」

「本当か？」

「本当です。私も三課の刑事なんです」

思わず笑みがこぼれた。

それからさらに三日後のことだ。

萩尾と秋穂は、猪野係長に呼ばれた。

「捜査一課で、いろいろとやってくれたそうだな」

萩尾は頭を下げた。

「すみません」

「謝ることはない。今、知らせがあった。捜査が急展開したそうだ」

「急展開……？」

「ホンボシが割れたんだよ」

「身内ですか？」

「よくわかったな。実の孫だそうだ。高校を中退してふらふらしていた。あまり家に寄りつかなかったが、金が底をついて、金の無心に立ち寄ったようだ。そこで、被害者と口論になった。その挙げ句に、台所にあった包丁で刺しちまったわけだ」

萩尾はかぶりを振った。

「最近の若いやつらは、どうして後先を考えずかっとなっちまうんでしょうね……」

猪野係長は、ちょっと肩をすくめただけで、その言葉に関するコメントはなかった。

「池谷管理官から直々にお礼の言葉があったよ。ハギさんのおかげで冤罪が防げたってな」

「俺は、やるべきことをやっただけです」

猪野係長がにっと笑った。

「ハギさんなら、きっとそう言うと思ったよ。『牛丼の松』に会いに行ってやったらどうだ？　空き巣狙いの件で、じきに玉川署に移送されてしまうぞ」

萩尾はうなずいた。


取調室で向かい合うと、松崎は、どこか照れたような顔をしていた。

「ホンボシが捕まったんだって？」

萩尾はこたえた。

「ああ、そうだ」

「あんたも、余計なことをしてくれたよな。俺は、一生ムショの中でもいいって言ったんだ」

「そう言いながら、落ちなかったじゃないか」

松崎は眼を伏せた。

「まあな。俺はチンケな空き巣狙いだよ。けどな、人殺しなんてやらねえ。人を殺したなんて言われたら、俺の仕事に傷がつかあ」

「強盗殺人の罪は免れた。だが、深沢六丁目の空き巣狙いの件については、見逃すことはできない」

「わかってるよ。また、しばらくおまんまの心配をしなくていいってわけだ」

「ふざけやがって……」

松崎は、急に真剣な口調になった。

「なあ、頼みがあるんだがな……」

「何だ？」

「どうせ、お縄になるんだ。俺はあんたに捕まりたいんだがな……。どこのどいつとも知らないやつにゃ逮捕されたくない」

「玉川署の事案なんだよ。彼らがおまえの身柄を引致《いんち》しに来る」

「だからさ、こうして頼んでるんだ」

「おまえは、そういうことを言える立場じゃないんだ」

「わかってるよ。だけど、どうせならあんたに逮捕されたいんだよ」

萩尾は、こんな要求はつっぱねるべきだと思った。玉川署の捜査員に、手柄をやると約束したのだ。

だが、不思議なことに、玉川署の連中に松崎を逮捕させるのは、何だか悔しいような気分になっていた。

自分の手柄にしたいわけではない。身柄は玉川署が持っていくのだ。

逮捕状を執行するだけだ。頼めば、玉川署の連中も嫌とは言わないだろうと思った。

しばらく考えた末に、萩尾は言った。

「しょうがないな。じゃあ、逮捕状は俺が読み上げてやる。それでいいな?」

松崎は淋しそうな笑みを浮かべた。

「すまねえな」

こいつは、身寄りもなく、友達もいないに違いない。だから本来は敵である警察官に親しみを感じているのかもしれない。

いつかは足を洗ってほしい。そんなことを思いながら、萩尾は取調室を出た。


通信指令センターからの一斉指示の無線が流れる。

盗犯を担当する三課も、おそろしく多忙だ。今度は、目黒署管内で、空き巣狙いだ。

やれやれ。

萩尾は、臨場するために腰を上げた。すでに秋穂は、出入り口に向かっている。

「萩尾さん、早く」

若いやつにはかなわないな。

萩尾は急ぎ足で、秋穂を追った。

エレベーターで一階までやってくる。玄関を出たとたんに、夏の日差しが照りつけてきた。

今日も暑くなりそうだ。

萩尾は、ネクタイを緩めていた。

三十九番

誉田哲也

誉田哲也（ほんだ　てつや）

一九六九年東京都生まれ。学習院大学卒。二〇〇二年『妖の華』でムー伝奇ノベル大賞優秀賞、〇三年『アクセス』でホラーサスペンス大賞特別賞を受賞。『ストロベリーナイト』『ジウ』などの警察小説、『武士道シックスティーン』などの青春小説で多くの読者を獲得する。著書に『ヒトリシズカ』『Ｑｒｏｓの女』といった作品の登場人物がそれぞれの視点で語りながら全体の大きな物語を構築するミステリーや、農業とエネルギー問題を扱った『幸せの条件』などがある。

ようやく、午前三時になった。

小西逸男《こにしいつお》は留置担当官席、いわゆる看守台に座り、じっと各房の様子を窺《うかが》っていた。

午前二時前に喧嘩で逮捕されてきた大学生は五号房に入れた。四十一という番号をつけられた彼は、それでもしばらくは鉄格子を蹴飛ばしたり、地団太を踏んで喚《わめ》いたりしていたが、小西が「器物損壊で再逮捕がいいか、公務執行妨害がいいか」と訊くと、「ザッケんじゃねーよ」と吐き捨て、布団を蹴飛ばし、そのままカーペットの床に丸くなった。喧嘩の相手であるサラリーマンは、隣の管区を受け持つ下谷署に留置されているという。いわゆる「預けボシ」。同じ案件の関係者は同じ施設に留置しないという原則に則った措置だ。担当捜査員は明日、面倒だが向こうにいって調べをしなければならないとこぼしていた。

また一往復、左から右に房前の通路を見渡す。

鉄格子の上半分には丈夫な金網が張ってある。被留置者が手を出したり、鉄格子を摑《つか》んだりできないようにするためだ。下半分はクリーム色の板で目隠しされている。これはプライバシー保護のため。この板の反射もあり、通路は余計に明るく見える。

そう。各房内はナツメ球だけを残して暗くしてあるが、房前の通路は防犯上の理由から夜間でも暗くしない決まりになっている。その明かりが房内にまで射し込み、眩《まぶ》しくて眠れないと被留置者はよく文句をいう。そんなとき小西は、必ず「昼寝のし過ぎだ」と答えるようにしている。

真ん中辺りの房から、誰かの咳払いが聞こえた——。

ここ浅草署には六つの房がある。一号房には現在、窃盗犯と公務執行妨害のヤクザ者の二人が入っている。二号房には、上野署からの預かりボシと妻を殴ったという傷害犯、それと薬物所持の三人。三号房には万引き犯と下着泥棒の二人。四号房にはやはり喧嘩による傷害と薬物所持と覗《のぞ》きの三人。五号房はさっきの新入りが一人だけだが、六号房には南千住署からの預かりボシと、強制わいせつと詐欺の三人が入っている。鼾《いびき》がうるさいのは一号房のヤクザと三号房の下着泥棒。ときどき悲鳴をあげるのは四号房の薬物所持。しくしく泣いているのは六号房の預かりボシ。

そろそろか、と思っていると案の定、出入り口のブザーが鳴った。

「どうぞ」

すぐに鍵を挿《さ》す音がし、背後にある扉が開く。泊まりの本署当番の巡回だ。

「ああ、コニさんか。ご苦労さん」

入ってきたのは運転免許係の担当係長、北嶋《きたじま》警部補だった。

「お疲れさまです」

小西は立ち上がって一礼した。すぐ机に巡視・巡回表を開き、北嶋が書きやすい位置に押し出す。

北嶋は溜め息をつきながら、自身の名前を記入した。

「……オヤジ、ちょっとマズいらしいよ」

署長の矢部《やべ》警視正が二日前に体調を崩し、昨日都内の大学病院に入院したことは聞いている。

「マズいって、どういうことですか」

「胃ガンじゃないかって話でさ。ここんとこ、よくミゾオチ辺りを撫でてたって……おたくの課長がいってた」

警務課長の高木《たかぎ》警視は確かに署長と親しくしていたようだが、だからといって、ミゾオチを撫でていたというだけで胃ガンと決めつけるのはどうだろう。

「コニさんも気をつけてよ。年、一緒でしょ」

署長と小西は同じ五十六歳。しかし小西は巡査部長なので、階級でいったら天と地ほどの差がある。

「そんな……北嶋さんだって、年はそんなに変わらんでしょう」

確か、小西の二つ下くらいだったと思う。

「いや、俺は女房いるから。でも、オヤジもコニさんも独りじゃない。そういうの、家族がいるかいないかで、けっこう違ってくるらしいよ。体調の変化とかって案外、家族が気づくことが多いっていうよ」

ふいに三号房の、下着泥棒の鼾が止《や》んだ。まずないとは思うが、無呼吸状態に陥り、起床時には冷たくなっている、などというケースもないわけではない。

「……そう、ですね。気をつけますよ」

「誰か、いい人とかいないの」

「そんな。からかわんでください」

そのときだった。うわっ、と三号房から声がして、壁を思いきり蹴飛ばしたような、重く鈍い音がした。

その場から声をかける。

「おい、どうした」

「担当さん、こいつ、小便しやがったッ」

答えたのは万引き犯だ。

思わず、二人して顔を見合わせてしまった。

北嶋が、上唇を変なふうに歪《ゆが》める。

「なんだよ、エライとこにきちまったな……ま、しょうがない。手伝いますよ」

「すみませんね。じゃあ、とりあえずもう一人、誰か呼んできてもらえますか」

いいながら小西はブザーを鳴らし、北嶋が退室する旨を外に伝えた。

午前四時半に一度交替し、休憩室で仮眠をとり、六時に起きた。

いったん顔を洗いに出て、留置事務室に戻ってくると、担当係長の平間《ひらま》警部補に呼び止められた。

「コニさん。今日の押送《おうそう》って、誰と誰だっけ」

押送とは、地検に被疑者を護送することである。具体的には、同じ方面管区内を巡回してくる護送用バスに被疑者を乗せるまでの業務だ。

「一号房の三十三番と、四号房の四番です」

三十三番は窃盗罪。四番は覗きだから、住居不法侵入と軽犯罪法違反になる。留置場内では、被留置者は常に番号で呼ばれる。個人情報保護の意味合いもあり、名前ではまず呼ばれない。

「あの二人か。分かった。ありがとう」

「失礼します」

もう少し休憩室で時間を潰して、六時二十分を過ぎた辺りでまた成人男性留置場に戻った。

「お疲れさん」

「お疲れさまです」

小西に代わって看守台に座っているのは、まだ若い野村《のむら》巡査長だ。彼のような刑事候補にとって、留置係は一つの登竜門となっている。

小西はひと通り房を見て回った。もう起きていたのか、そもそも眠れなかったのかは分からないが、六号房の詐欺師は小西と目が合うと、ぷいと寝返りを打った。その他はおおむね大人しく寝ていた。

まもなく平間係長と、さらにもう三人、本署当番から応援にきてくれた。

看守台に戻って腕時計を確かめる。

六時半になるのを待って、小西は野村に合図を送った。

頷《うなず》いた野村が、看守台横にある照明スイッチを全灯に戻し、大きく胸を張る。

「……起床、キショォーッ」

するとと、明るくなった房内がにわかに活気づく。鉄格子の上半分にいくつも頭が覗き、寝具を片付け始める様子が見てとれる。三十秒ほど待って、小西は四号房の前までいった。

「今日はここからだ。用意はいいか」

房ごとに行う朝の日課は不平不満が出ないよう、日替わりで順番を変えている。喧嘩と、クスリと、覗き。まもなく三人とも寝具を畳み終えた。

「よし……片付け始め」

四号房の扉を開け、まず三人を外に出し、通路の突き当たりにある寝具収納庫までいかせる。寝具をそれぞれ所定の位置に収めたら、隣の倉庫に掃除用具をとりにいかせる。掃除機、ホウキ、雑巾、バケツ。房の清掃をさせるのだ。

監視をする人数が少ないと一度に房から出せる人数も限られてくるが、今朝は六人いる。少しずつ時間差を設けてやれば、三部屋くらい同時進行させても問題はない。

小西は五号房を覗いた。

「四十一番、いいか」

新入りの大学生。きちんと布団は畳み終えている。

「よし、片付け始め」

同じ要領で寝具を片付けさせる。四号房の清掃は平間係長が見ている。六号房の様子は野村が見ている。小西は清掃の終わった四号房から掃除用具を引き継ぎ、一人で大変だが五号房の清掃をするよう大学生に命じた。四号房の三人は房の裏手に設置された、私物保管用のロッカーに洗面用具をとりにいった。それには平間と応援の当番員が付き添っている。

大学生は、酔いが醒めて正気を取り戻したのか、極めて真面目に清掃をしている。

「便所、使ってないんだろ。だったらいいから、カーペットだけやって、雑巾洗って次に回せ」

小西がそういうと、大学生はさもすまなそうに頭を下げた。

全房が寝具の片付け、清掃、洗面を終えたら、ようやく朝食となる。普通は七時頃から。だがどこかの房がもたもたしていたり、途中で喧嘩が始まったりすると、十分、二十分と遅くなることもある。そういう房は他の房から恨まれる。それがまた、運動時間中のトラブルに発展したりもするので注意が必要だ。

今朝は、予定通り七時には始められそうだった。

食事は「主事」という一般職員が運んできてくれる。それを彼と留置係員とで、協力しながら各房に配って回る。内容はご飯、卵焼き、お新香、つくだ煮、納豆が付いたり付かなかったり。あとは味噌汁。かなり薄味なので、各房に醤油を貸し出してやる。たいていの者はおかずにもご飯にも醤油をかけて食べる。

決して急かしたりはしないのだが、ほとんどの者が十分以内には食べ終わる。

「ごちそうさまでした」

「ごっそーさん……」

普段は少し食休みの時間をはさんで、八時頃から「運動」と称する自由時間をとらせるのだが、今朝は押送が二人いるので、彼らを先に運動させる。

野村が一号房の鍵を開けにいく。

「三十三番、運動だ」

小西は四号房。

「四番、運動だ」

二人の運動には小西と野村、いま第一当番で入ってきたばかりの巡査部長が付き添うことになった。つまり二対三。留置居室から被留置者を出す場合、警察官の方が常に人数で上回るよう配置するのが基本となっている。

ひと口に「運動」とはいうが、別に強制的に体操をさせるわけではない。高い壁に囲まれたバルコニーに連れていって、要は気分転換をさせるのだ。おおむね十五分か二十分。二本までならタバコを吸ってもいいし、被留置者同士で世間話をしても、むろん真面目にストレッチをしてもいい。この二人は喫煙者なので、預かっていた自前のタバコを渡してやる。

「はあ……やっぱ、一日一回だと回るね」

ゆるゆると立ち昇り、徐々にほどけていく煙を、四番は羨むような目で追っていた。三十五歳の独り者。すらりと背が高く、顔も、鼻筋が通っていてなかなか男前だ。お前みたいないい男がなぜ覗きなんかしたんだ、と訊きたいのは山々だが、それは担当捜査員の役目なので控えておく。

この時間だけは、小西たち留置係員も雑談に応じる。

「普段はどれくらい吸ってたんだ」

小西が訊くと、壁際でウンコ座りをした四番は首を傾《かし》げた。

「ふた箱は、吸わなかったかな。三日で五箱くらいかな」

「それでも、ちょっと吸い過ぎだな。これを機に、禁煙してみるってのはどうだ」

四番は苦笑いを浮かべてかぶりを振った。

「俺、酒飲めないからさ。せめて、タバコくらい吸わないと間が持たないんだ……おっさんはどう。一日何本吸ってた」

反対側の壁に寄りかかり、胡座《あぐら》を掻いていた三十三番が勢いよく煙を吐き出す。こっちは五十二歳、小太りの小男だ。

「俺は、一日ひと箱だな。でも、値上がりしてからは、もうちょっと少なくなってたかな……担当さん、髭剃り貸して」

洗顔と歯磨きは食事前だが、爪切りと髭剃りはこの時間に行う。器具はきちんと消毒したものをこちらが貸し出す。

安物だが、わりと新式の電動髭剃りを渡してやる。

「……そっちは、いいのか」

四番も薄っすらと顎周りが青くなっている。

「いや、俺はいいや。電カミ、苦手なんだ。そんなに濃くもないし。あんまり剃ると、ヒリヒリしちゃうし」

いいながら、そろりと頰《ほお》を撫でる。

一本吸い終えた三十三番が、気持ちよさそうに髭を剃り始める。シャリシャリと小気味よい音がバルコニー内に響き渡る。

一本目をアルミの灰皿に潰しながら、四番がこっちを見上げた。

「担当さんは吸わないんだっけ」

「吸うけど、だいぶ本数は減らした。飲みにいかなけりゃ、一日五本とか、それくらいかな。署内じゃ、吸えるところも限られてるしな」

「吸っていいのって、どこ。食堂とか？」

「いや、もう食堂も駄目なんだ。一応、正面玄関脇に喫煙所があるけど、今の署長が大のタバコ嫌いでね。警官が、通行人の見えるところでタバコを吸うのはみっともないって言い出して、署員は裏手の、駐車場でしか吸えなくなっちまった」

そりゃ気の毒に、と四番は笑い、二本目のタバコを銜《くわ》えた。

ぽってりとした、やや厚みのある唇。年のわりには艶《つや》やかで、柔らかそうに見える。

「担当さん、酒は好きなの？」

「ああ……まあ、好きな方かな」

ふと、過去に交わした会話と重なるものを感じた。

担当さん、若い子、好きでしょ――。

小西はあのとき、一瞬、答えることができなかった。

決して、答えてはいけなかったのだ。

八時前には二人の押送を終え、第一当番への引き継ぎも済ませて、小西たちは非番になった。

警視庁の留置係は交番勤務の地域課と同じで、四交替制勤務になっている。第一当番、第二当番、非番、日勤。一当が朝から夕方までの日中勤務。二当が午後から翌朝までの、いわゆる夜勤。夜勤明けの日と翌日の日勤が休みになるが、日勤はそのときどきの事情で出勤日になることも少なくない。他道府県警では三交替が基本で、当番、非番、日勤という体制になっている。それだけ警視庁は、人員も事件数もずば抜けて多いということだ。

私服に着替え、署を出る。十一月の、半端に冷たい風を全身に浴びる。いっそ、早く寒くなってしまえばいい。何もかも凍りつくほどに、寒く――。

警杖《けいじょう》を持って庁舎警備をしている若い奴に声をかける。

「お先に。お疲れさん」

「ああ、コニさん。お疲れさまでした」

この署も、早いものでもう四年になる。だからといって、多くの署員の顔や名前を知っているかというと、実はそうでもない。春と秋の定期異動、昇任、警視庁本部への引き抜きなどで、顔ぶれは日々入れ替わっている。実をいうと、いま庁警をしていた署員の名前も、小西は知らない。そのわりに、小西の顔と名前を知っている者は多いように感じる。

背が高いわけでも、顔がいいわけでもない。留置係員では有名になるような手柄があるはずもなく、逆に大きな失敗をした覚えもない。それなのに、なぜ多くの署員が「コニさん」と親しげに呼んでくれるのか。その理由はよく分からない。

一人、浅草駅方面に歩き始める。十分少々かかるが、仕事が仕事なだけに、これくらいはむしろいい運動だと思うようにしている。

対向二車線の道に沿って、歩道を延々と歩く。商店や民家、ときどき四、五階建てのビルもある。そんな雑多な町並みだ。だがまだ、時刻は朝九時を少し回ったところ。開いている商店は稀で、明けで帰るときは、いわゆる「シャッター通り」とほとんど変わらない眺めだ。

言問通りを渡ったところにあるコンビニエンスストアで缶コーヒーを買い、ついでにそこで一服する。夜勤明けに一人、こんなふうに街角で飲むコーヒーとタバコが、小西は案外好きだった。

さて、今日と明日の休みは何をしよう。録り溜めたテレビ番組でも観るか。映画のDVDでも借りて帰るか。飯はどうする。食べて帰るか、うどんか何かを自分で作って済ませるか。それとも、一人分の鍋の材料でも調達して、ゆっくり映画でも観ながら一杯やるか。ちょうど、酒を飲まない平間係長からもらった日本酒が手付かずで残っている。あれを開けるか——。

吸い差しをコンビニ備え付けの灰皿に落とし、空き缶もゴミ箱に放り込んで歩き出した、そのときだった。

コートのポケットで携帯電話が震え始めた。こんな時間にタイミングよくかけてくる知り合いなど、小西にはそう多くいない。取り出してみるとディスプレイには「ユキ」と出ている。それも予想通りだった。

「……もしもし」

『おはよ。もうそろそろ、非番かなって思って』

小西には不釣合いな、若く弾んだ声。

「ああ」

『お疲れさま。ねえ、これからそっちいってもいい？』

シミ一つない、薄く紙を張ったような、白く滑らかな肌を思い出す。だが小西は、肚の底に湧きかけたその欲望をあえて抑え込んだ。

「いや……今日は、用がある」

妙に口が渇く。

『じゃあ、それが終わったら』

「ちょっと、遠くまでいかなきゃならない。帰りは明日になる。明後日はまた朝から勤務だ。この休みは、無理だ」

『遠くってなに。仕事じゃないでしょ？』

留置係に出張がないことくらい、素人でも察しがつくか。

「親戚に、不幸があってな。それで、急に」

『なぁんだ……つまんないの』

この電話を早く切りたい気持ちと、前言を撤回しようとする赤黒い欲とが胸の辺りで圧し合い、揉みくちゃになる。と同時に、醜く飛び出た目玉と、内出血で鬱血《うっけつ》した舌が脳内で暴れ回る。

「……こんな年寄りじゃなくて、遊ぶんなら、もっと若い人とにしなさい」

『そんなの、こっちの勝手じゃん』

「いいから、そうしなさい。とにかく、今日明日は無理だから」

まだ何かいっていたが一方的に切った。

そう。これでいい――。

気分をそがれたというわけでもないが、買い物はせず、ＤＶＤも借りずに帰ってきた。

草加駅から歩いて十分ほどのところに借りたマンション。八畳と六畳のふた間にダイニングキッチン。独り者には贅沢ともいえる間取りだ。

靴を脱ぐなり、リビングとして使っている八畳間の、パソコンを載せた机に向かう。一番下の、底の深い引き出しを開け、その奥の方に押し込んでおいた封筒を引っ張り出す。封筒といってももはや四角ではない。中身が少ないので巻くように丸めて、一本の筒状になっている。何度も開けては確かめ、しまってはまた引っ張り出して確かめ、そうこうしているうちにだいぶ紙がヨレて柔らかくなってしまった。実際、中身の角が当たる部分は少し破けている。

でも、あえて今日は開けなかった。

大丈夫。何も起こっていないし、不都合なことなんて何もない。そうだ、酒を飲もう。鍋は無理だが、焼き鳥の缶詰ならあったはず。あれで一杯やりながら、録画しておいた古い日本映画でも観よう。別に、最後までちゃんと観なくたっていい。途中で気分がよくなったら、そのまま寝てしまおう。風邪をひかないように、布団に包《くる》まって観るのもいい。そうか。だったら、先に風呂に入るか。そうだ、そうしよう。そうやって体を温めて、酒を飲んで、寝てしまうのが一番いい。

また第二当番が巡ってきた。

署員の半数近くを占める地域課警官は、交番勤務に出る前に武道の朝稽古をする。柔道か剣道。経験のある者はそれを、経験のない者も必ずどちらかを選択しなければならない。女性には合気道という選択肢もあるが、実際に選ぶ者はそんなに多くない。

だが留置や刑事といった内勤者は、ほとんど朝稽古には参加しない。時間が合わないし、あまり人数が多すぎても稽古に支障をきたすからだ。その代わりといってはなんだが、午後の稽古になら出ることができる。時間は、大体二時くらいだ。

小西は柔道を選択していた。学生時代に経験はなかったが、一応、入庁後に三段までは取得した。とはいっても、ほとんど腕力でぶん投げていただけだが。

稽古の終盤、乱取りで組対(組織犯罪対策課)の木島《きじま》警部補と組むことになった。

「お願いします」

互いに礼をし、襟と袖とを取り合う。

「……コニさん。最近よく、稽古くるね。なんかあった」

そう。内勤者は昼稽古にすら、あまり積極的には参加しない。

「喋ってると、舌嚙むよ」

背負い投げを狙ったが、かわされた。

「コニさん、今度……またちょっと、付き合ってよ」

「テハッ」

油断していたのだろうか。小西の払い腰で、木島の体が大きく宙に舞った。いい音で畳が鳴ったのは、木島がきちんと受身をとったからだ。

木島は、ハッと息をついてから笑みを浮かべた。

「……頼むよ、コニさん」

「ああ、考えておく」

小西は持ったままだった袖を引き、木島を起こしてやった。

もう二、三人とやったところで、稽古は終わりになった。

留置係の交替は地域課のそれよりも一時間ほど早い。第一当番から第二当番への引き継ぎも、午後三時頃に行われる。

「……以上です。よろしくお願いいたします」

当然だが、各房の顔ぶれは日々変わっていく。三日前に喧嘩をして留置された大学生は昨日の時点ですでに釈放されていた。寝小便をした三号房の下着泥棒と六号房の詐欺師は正式に起訴され、小菅の東京拘置所送りとなった。また今日の押送は三名、一号房のヤクザ者、二号房の妻を殴ったという傷害犯、六号房の強制わいせつが地検にいっている。それもう三時間もしないうちに戻ってくるだろう。

昨日と今日、入ってきた新人は四人。三号房には公務執行妨害のホームレス。五号房には二人、風営法違反のチンピラと無銭飲食の老人。六号房には客を殴ったキャバクラの用心棒。ただし昼間は全員がいるわけではなく、何人かは調べで留置場から出ている。風営法違反のチンピラなどは、特にいま厳しい調べを受けているものと思われる。

気の毒なのは三号房の万引き犯だ。寝小便の下着泥棒がいなくなったと思ったら、今度の同居人はホームレスだ。

「冗談じゃねえッ。なんで俺んとこにばっかりクセーの入れるんだよ。他んところにしろよッ」

一応そのホームレスも風呂に入れてはあるのだが、だいぶ年季が入っているようで、そう簡単には綺麗にならなかった。かといって、警察官が一緒に入って洗ってやるわけにもいかない。

「すまんが、我慢してくれ。また明日にでも、風呂に入れるようにするから」

小西が鉄格子越しにいうと、中のホームレスが低く笑い声を発した。

「……ご迷惑なら、いつでも出ていきますがね、あたしゃ」

わざと洗っていなかったのか、とは思ったが、そうと分かったところでどうしようもない。クサいのは確かに迷惑だが、決して犯罪ではない。

二号房から声がした。

いってみると、上野の預かりボシが官本を持ってひらひらさせていた。

「なんだ、二十九番」

「担当さん、この小説つまんねえよ」

カバーもかかっていない、一冊の文庫本。

「仕方ないだろう。お前の選択ミスだ」

「タイトル知ってたからさ、さぞ売れたんだろうと思って持ってきたんだけど……駄目だ。つまんなくて、半分も読めねえよ。俺こういう、不幸自慢みてえな貧乏くせー話、でえっきれえなんだよ」

「知らないよ。最後まで読んだら面白いかもしれないじゃないか」

「だったら担当さんが続き読んで、オチ教えてくれよ」

「あいにくだが、私はそこまで暇じゃない」

「じゃあ、何か他の本に換えてきてよ」

「……まったく。しょうがないな」

看守台に戻り、今日の相方の井上《いのうえ》巡査部長に手を出す。

「宮本のリスト、くれ」

会話を聞いていたのだろう。井上は苦笑いでリストを差し出してきた。

「なんですか、その本」

興味深げに覗き込むので、二十九番から受け取った文庫本の表紙を見せてやった。

「……ああ。俺、それ読みましたよ。確かにつまんないです。特にオチがね。ミステリーとしては、ほとんど反則です」

「どうも、奴とはお前の方が趣味が合いそうだな。すまんが、何かお薦《すす》めを持っていってやってくれないか」

「了解しました」

宮本の書棚に向かった井上に代わって看守台に座ると、すぐに出入り口のブザーが鳴った。

「どうぞ」

鍵が開く音がし、生安（生活安全課）の川部《かわべ》巡査部長が扉を開けて入ってきた。風営法違反のチンピラを戻しにきたのだ。

「本日の調べ、終了しました」

「ご苦労さまです」

互いに連携をとりながら、手錠と腰縄をはずし、再び五号房に留置する。

帰り際、川部が小西の肩に軽く触れた。

「……コニさん。次の休憩、何時ですか」

「夕飯が終わってからだな。何もなければ、七時くらいか」

「じゃ、その頃にまたきます」

扉を開けてやると、川部はどんな用かも告げずに出ていった。


午後七時過ぎ。留置事務室で出前のカレーライスを食べていると、川部が入ってきた。

「すんません、お食事中でしたか」

「いや、いいよ。なに」

川部がそれとなく辺りを見回す。斜向かいの席には少年留置場担当の若林《わかばやし》巡査長がいる。彼が食べているのはオムライスだ。

「食ったら、ちょっと出られますか」

「ああ。一服しようとは思ってた」

「じゃあ、先に下、下りてます。ゆっくり食ってきてください」

なんだろう。若林がいてはしづらい話か。

まさか——。

思い至った途端、目の前にあるカレーライスがまったく別のものに見えてきた。汚物。どろどろに蕩け、変わり果てたものの寄せ集め。普段、小西はカレーライスを混ぜずに食べる方だが、いつのまにか、自分でも知らぬ間に、ぐちゃぐちゃと、ぐりぐりと、まだ三分の二ほど残っているそれを掻き混ぜ始めていた。だが混ぜれば混ぜるほど、それは余計汚物に近くなっていく。人間の醜さの象徴。それは誰が排出したものか。自分か。最も醜いのは誰だ。あいつか、それともやはり、自分か——。

「コニさん、どうしたんすか」

若林の声がし、我に返ると、机のあちこちに茶色く汚れた飯粒が散らばっている様が目に入った。

「あ、いや……なんか、急に、食いたくなくなっちまった」

数秒置いてから、若林がポケットティッシュを差し出してきた。

「制服にも、ついちゃってますよ」

本当だ。近くに置いていた書類やペン立てにも汚物は飛び散り、醜い尾を引いて垂れ下がっていた。

一階に下り、裏口から駐車場に出ると、ちょうど川部が一服している最中だった。

「……待たせたな」

「いえ、こちらこそすみません。ゆっくりでよかったのに」

川部は小西よりだいぶ年下。まだ四十をいくらも出ていない。生安への配属はこの署が初めてで、それまでは刑事課の強行犯係が多かったと聞いている。

「なんなんだよ。保安(係)の毒マムシが、留置係のロートルになんの用だ」

「やめてくださいよ。その毒マムシっていうの……コニさんと木島さんだけですよ、俺のことそんなふうに呼ぶの」

何回か一緒に飲んだことがあり、彼の刑事課時代の武勇伝が面白かったので、以来小西は、ちょくちょく川部をそう呼んではからかっていた。

川部が吸い差しを灰皿に落とす。

「いや、お呼び立てしたのはですね……一年くらい前のマル被(被疑者)で、個室ビデオでマッサージもさせてた容疑で俺が引っ張った、加賀見勇介《かがみゆうすけ》って男なんですが。覚えてませんか」

よく覚えている。留置番号までちゃんと。奴は三十九番だった。

「加賀見、加賀見……さあ、どんな奴だっけな」

「ちょっと髪を長くしてて、目がギョロッとしてて。そう、確か、パクったときは派手な柄のシャツを着てましたよ」

確かに、あの蛇の鱗《うろこ》柄は派手だった。

「身長は」

「百八十二センチ」

そう。それくらいあったかもしれない。

「けっこうデカいな……しかし、留置は毎日、いろんなのが出たり入ったりだからな。よほど印象に残ることがないと、いつまでも覚えちゃいないよ。……何日いた。延長勾留まで、目一杯いたのか」

逮捕後の四十八時間、新検調べで二十四時間、勾留請求が通れば十日、延長勾留でさらに十日。最長で二十三日間、警察は被疑者を留置することができる。むろん、再逮捕すればさらに期間は延長可能だ。

「ええ。でも嫌疑不十分で不起訴でした。やるだけはやったんですが、上手く逃げられました」

「その加賀見が、どうかしたのか」

小西はポケットからタバコのパッケージを出し、一本銜えて火を点けた。

「それが、最近見かけないんですよ。この界隈で」

勤務中の一服はまた格別に美味いものだが、今日に限ってはほとんど何も感じない。

「……河岸《かし》を、変えただけじゃないのか」

「最初は俺もそう考えてました。不起訴とはいえ、一度はパクられてるわけですからね。同じ街ですぐに仕切り直し、とはいかない面も少なからずある。でも、奴はそうじゃなかった。この管内からは動かず、むしろ他の細かい仕事をしてました。借金の回収とか、キャッチとか。実際、弟分はつい昨日まで吉原をぷらぷらしてましたしね」

吉原のソープランド街は浅草署の管内にある。ただし番地は千束四丁目。吉原という地名自体はすでにない。

しかし、加賀見に弟分がいたとは想定外だ。

「弟分って、加賀見はどこかの組員だったのか」

「いえ、正確にはそうじゃないんですが、まあ、似たようなもんです。組にとっては、いつでも切れるトカゲの尻尾ですよ。ミカジメもたっぷり取ってたみたいですし」

そう。加賀見は決して暴力団員ではなかった。もしそうだったなら、現在の状況はもっと違うものになっていたかもしれない。

「そのね、加賀見の弟分がいうんですよ。ここんとこしばらく、兄貴の姿が見えない。部屋を見にいっても洗濯物は干しっ放しだし、風呂の水も張ったまんまで。急に、ぷいって消えちまったみたいだって」

「しばらくって、どれくらい」

「ひと月半」

なるほど。

「そんなに、親身になってくれる弟分がいるのか。なかなか、いいご身分じゃないか……でも、なんでいまさら俺にそんなことを訊くんだ。一年も前の、チンピラのことなんて」

「だから、昨日の新入り。風営法違反の、坂野浩一《さかのこういち》。あれがその、加賀見の弟分なんですよ」

五号房に入れた、十一番。あいつか――。

川部にじっと見られているのは分かっていたので、それとなく驚いた顔をしておいた。

「……へえ。あれが」

「坂野が任されてる店、ビザなしの外国人使ってるの前から知ってたんで、それで引っ張ってみたんですが、あくまでも俺の本命は加賀見です。俺、奴が他に何やってるかも、いろいろ摑んでるんで。どうしても野郎、諦めきれないんで。奴がどこにもぐってんのか、それだけでも吐かせてやろうと思ってたんですが、どうも……本当に坂野も、知らないみたいなんですよね」

それならそれでいい。

「コニさん、なんか知りませんか」

「だから、なんで俺が。知らないよ」

「運動させてるとき、世間話とかするでしょう。そんとき、なんかいってなかったですか」

「いや、覚えてないな」

「実家は埼玉なんです。むろん、そっちも当たってはみましたが、全然。地元には影も形もない」

フィルターギリギリまで吸い、小西もタバコを灰皿に捨てた。

「申し訳ないが、役に立てそうにはないな」

そういうと、川部は意外にもあっさりと「そうですか」と引き下がった。

「……でも、何か思い出したら教えてください。どんなことでもいいです」

「ああ。時間があるときに記録でも眺めてみるよ」

小西が裏口のドアノブを握ると、川部は「よろしくお願いします。お疲れさまでした」

と頭を下げた。

確かに、ちょっと疲れた。

留置場に戻って井上と交替し、いったんは看守台に座った。しかし一分とじっとしていられず、すぐに席を立って見回りを始めた。

夕食を済ませた被留置者は、夜八時半までの自由時間を思い思いに過ごす。官本を読んでもいいし、寝転んでいても、同居人と話をしていてもいい。ただ、自由時間はトラブルの起こりやすい時間でもある。留置係員は逆に気を抜けない。

特に六号房の二人。強制わいせつの九番と、キャバクラ用心棒の十五番。奴らは昨日の夕方に口喧嘩をしており、殴り合いこそ演じなかったものの担当係員に注意を受けている。いま覗いても、部屋の端と端に離れて座っており、目も合わせないようにしている。その間にはさまれている南千住の預かりボシが巻き添えを喰わないよう、注意してやらねばならない。

続いて五号房を覗く。無銭飲食の老人は奥の便器に座っており、例の風営法違反、坂野浩一、十一番は手前右手の壁に寄りかかって漫画を読んでいた。

気配を感じたか、坂野が睨《にら》むようにこっちを見上げる。ブタ鼻で細目。なんとも品のない顔をしている。こいつが加賀見の弟分か。いわれてみれば、この品のなさは加賀見と通ずるものがある。

一年前。確かに加賀見はここに留置されていた。奇しくも同じ、この五号房に。

写真撮影や指紋採取、DNA採取のあと、身体検査を担当したのが小西だった。三畳ほどのせまい部屋。所持品をすべて預かり、下着まで全部脱がせた。何か妙なものを持ち込まれても困るし、同性愛者が紛れ込んでも面倒なので、肛門まで念入りに調べた。年齢はあの時点で三十八歳。年のわりには贅肉もついておらず、筋肉質ないい体をしていた。左肩に「X」の文字を複雑にしたようなタトゥーがあったが、いわゆる筋者《すじもの》が入れるような彫り物はなかった。

服を着させ、ベルトなどひも状のものはすべてはずさせてから房に入れた。何度か留置された経験があるのだろう。房内では大人しくしていたし、点呼や食事、寝具の出し入れや清掃といった日課もそつなくこなしていた。官本はあまり読んでいなかった。その代わり、女が差し入れた自動車雑誌か何かを読んで暇を潰していたのではなかったか。その辺はあまり覚えていない。

運動にも何度か連れていった。いきなり腹筋や腕立て伏せを始めたのには驚かされたが、なるほどそれくらいしないとあの体型は維持できないだろうと、むしろ納得した。タバコも吸っていた。ラークの赤箱だった。半分くらいまで吸って消す癖があった。

上半身はTシャツ一枚。立ったままタバコを吸う加賀見に、小西はよく話しかけた。

「だいぶ鍛えてるんだな。何かスポーツでもやってるのか」

「いや。ヤクザに舐められねえようにってのと、あとは女のためかな。こういうの見せてやるとさ、男も女も、おっ、て思うんだよ」

そういって加賀見は、力瘤を作って小西に見せた。確かに大きくて、硬そうな筋肉だった。

「そいつを見せると、ヤクザも引くのか」

腕力だけなら、小西も自信がある方だが。

「いや、引きゃしねえけど、拳一発でケリがつくとも思わねえだろ。そうなりゃ、あとは話し合いってことになる。両方とも損しない落とし処を考えましょうや、って話になる。向こうだって馬鹿じゃない。三万や五万のケチな話で、いちいちヤッパまでは出さねえさ」

髭はあまり生えない性質だったのか、剃っている姿はあまり印象に残っていない。肌は全体に綺麗だった。体臭もほとんどなかった。

そこそこ所持金はあったのだろう。昼食は必ずといっていいほど自弁購入していた。カレーライスや焼肉弁当を食べていた。

三回目か四回目の運動のときだ。三人いた被留置者と、担当係員二人とで女の話になった。そう、あのときはどういうわけか、小西ともう一人しか付き添いがいなかった。加賀見以外の二人が、かなりの年配者だったからだろうか。

好みはみんなバラバラだった。やっぱり胸の大きな女がいいとか、少したるんだくらいの年増女にそそられるとか。加賀見は、ぶたれて泣き喚きながら、それでもよがり声をあげる女がいいといった。この変態野郎、と年配の一人がいうと、加賀見はまんざらでもなさそうな顔をした。もう一人いた担当係員が、俺は女なら誰でもいい、と答えると、あんたが一番の変態だと、全員にからかわれた。

ふいに加賀見が小西の方を向いた。

「担当さん、若い子、好きでしょ」

一瞬、答えに詰まった。

「……いや、若ければ、いいってもんでも、ないよ」

「そうかな。二十三とか、そんくらいの若いのが、担当さんは好きなんじゃないかな」

立ち位置と体の向きの関係で他の三人には分からなかったと思うが、小西は今でも覚えている。あのときの加賀見の目は、異様だった。口元にからかうような笑みを浮かべていながらも、目は決して笑っていなかった。相手に逃げる隙を与えまいとする、狡《ずる》くて卑《いや》しい、それでいてどこに焦点が合っているのか分からない、蛇の目。

あのとき、もう一人の年配者が話を茶化してくれたのは助かった。

「二十三？　そりゃ、贅沢言い過ぎだろう。担当さん、もうとうに五十過ぎてんだろう？　せめて、四十過ぎで手ぇ打っときなよ」

小西はその軽口に乗った。

「……だよな。せめて四十過ぎでないと、俺なんかは釣合いとれないよな」

それでも加賀見は、房に帰るまでずっと小西のことを見ていた。いや、房に帰ってもまだ、鉄格子越しに見ていた。どんな些細なことも見逃すまいとする、あの蛇の目で。

「次……十八番、運動だ」

そして隣の房を開けたとき、奴は笑った。

いびつな形に片頬だけを吊り上げて、小西にだけ、それと分かるように。

第二当番を終え、署を出て何十メートルか歩いたところで声をかけられた。

「……コニさん」

組対の木島警部補だった。詳しくいうと、組織犯罪対策課暴力団対策係の担当係長だ。

「なんだよ。待ち伏せかよ」

気が置けない仲、というのだろうか。階級は木島の方が一つ上だが、小西は普段、彼に対してほとんど敬語を使わない。木島もまた、小西には遠慮なく頼みごとをしてくる。

「今夜、ちょっと時間作ってくれよ」

「二当明けだぜ。しかも、新入りが六人もきて大変だったんだ。明日にしてくれないか」

「今日の夜がいいんだよ。いつも通り、コニさんは俺の後ろにいてくれるだけでいいからさ。そんときだけ、ちょっとシャッキリした顔しててくれりゃいいから」

木島が、小西にこういった頼みごとをするようになったのは二年ほど前からだ。同じ係の部下を使わないという時点で、どういう性質の用事かは察していた。それでも小西は、あえてその話に乗った。木島も、小西が断らないであろうことを見越して提案してきたのだろう。

「……何時に」

「九時か十時頃がいいな。三十分で済む」

「じゃあ、十時にしよう。場所は」

「隅田公園近く。浅草駅で待ち合わせよう」

小西は承知し、木島とはその場で別れた。

まさに、そのタイミングを狙っていたかのように携帯が震え始めた。胸ポケットから取り出してみると案の定、ディスプレイには「ユキ」と出ている。

「もしもし」

『お疲れさまぁ。夜勤、もう上がったんでしょう？』

ただでさえ、小西には分不相応な若い声。しかも今朝は、いつにも増して上機嫌らしい。

「ああ。でも、今日も用事ができちまった。悪いが……」

『なに、そんなに会いたくないの？　嘘つくほど嫌なの？』

「そういうわけじゃないが、本当に用事ができたんだ」

『なにそれ。そんな親戚に不幸が連続してるわけ』

「違う。仕事だ。違う係の仕事を手伝ってやる破目になった。マル暴のだ」

マル暴、と呟き、相手は黙った。

「悪いな。時間ができたら、またこっちから連絡する」

『絶対だよ。これ以上袖にしたら、ほんと許さないからね』

「分かってる……じゃあ」

電話を切り、胸ポケットにしまうと、自然と溜め息が洩れた。何がよくて、こんなくたびれた中年との関係を続けようとしているのか。いや、もはや自分は初老の域か。

草加の自宅に帰り、軽く食事をしてからベッドに入った。夕方四時半くらいまでは眠った。それから風呂に入り、夕方のニュースを観ながらダラダラと過ごし、夜八時半になって部屋を出た。いい加減腹が減ったので近くのラーメン屋に寄り、チャーシューをツマミにビールを一本飲んでから、つけ麺を注文した。魚介系のスープがやけに鼻について不味かった。

浅草駅に着いたのは十時十分前だったが、木島はすでに改札を出たところで待っていた。

「……いったん、家に帰ったの」

「ああ。夕方まで寝て、風呂入って、くる途中にラーメン屋で一杯やってきた」

「そりゃすまんね。またわざわざ出てきてもらって」

「そう思うんだったら、もう非番に誘うのはやめてくれ」

木島は低く笑いながら、今度からそうするよと、まるで気持ちのこもっていない口振りでいった。

今朝、木島は場所を「隅田公園の近く」と説明した。隅田公園は隅田川沿い、台東区と墨田区にまたがるように造られた公園だ。夏には花火大会が行われることでも有名だ。

特に話があるわけでもなく、二人はただ黙々と江戸通りの歩道を歩いた。対向四車線の道路にはまだ車も多く、飲食店などほとんどないわりに人通りはあった。

「ここのホテル、これが現場」

木島は通り沿いにあるシティホテルを指差した。ホテルミューズ浅草。一見、普通のマンションかと思うほどシンプルな造りの建物だ。目で数えると七階ある。平日は休憩四時間、と書かれたノボリが表に立っている。

しかし木島はそのホテルには入らず、さらに進んで言問通りとの交差点も越え、もう百メートルほどいった辺りで歩をゆるめた。

間口のせまい、細長い建物の前。今度のは本当にマンションのようだ。

「こっちが事業所」

「なるほど」

一階のエントランスから入り、せまい通路の先にあるエレベーターに乗り込む。最上階は六階。木島は四階のボタンを押した。

ホームエレベーターに近い、小振りの昇降機だ。小西と木島と、あとは乗れても男が一人といった大きさ。ただ動きはなめらかで、乗り心地は悪くない。四階での到着音も、ポロンと柔らかな音だった。

ゆっくりとドアが開くと、左手に二つ入り口が並んでいた。

木島は奥のドア前までいき、呼び鈴を押した。

すぐにインターホンから応答がある。

『……はい、どちらさまでしょうか』

若い男の声だ。

「浅草署のもんだ。開けてくれ」

しばし間があったが、

『……少々お待ちください』

そう答えがあり、まもなくドアチェーンが解かれる音がした。

顔を出したのは二十代半ばくらいの男だった。ホストでもいけそうな顔立ち。長めの黒髪をライオンのように逆立てている。

木島は一瞬だけ、警察手帳の身分証を提示した。

「組対だ。分かるな」

「……どんな、ご用件でしょう」

手帳をしまいながら中を覗き込む。

「いいから入れてくれ」

「いいえ、ご用件を聞かないと」

「あんたのためだよ。騒ぎにして、このシノギをパーにしたくはないだろう」

男はいったん目を伏せ、諦めたように深く息を吐いた。ドア口から一歩下がり、木島を招き入れる。むろん、小西もそれに続いた。

一応、靴を脱いで上がる。

短い廊下の右手にはトイレらしきドアと、洗面所の入り口がある。その向かいにはミニキッチン。突き当たったところが部屋だ。グレーのカーペットが敷いてあり、フロアソファに二人、床に置いたクッションに一人の計三人、若い女が座っている。ソファの二人は怯えたような目をしているが、クッションの女はふて腐れ、口を尖らせて窓の方を向いていた。

木島は、隣にもうひと部屋ありそうだが、ドアは閉まっている。

木島は、ぐるりと室内を見回してから訊いた。

「今日はこれで全員か」

男は眉をひそめるだけで答えない。

「出てる女はいるのかって訊いてんだよ」

仕方なくといったふうに、男が頷く。

「……今、二人、出てます」

「例のホテルか」

ホテルミューズ浅草。

「……はい」

「ここの責任者はお前か」

「いえ……自分じゃ、ありません」

「じゃあ誰だ」

男は鼻筋に皺を寄せ、唇を噛んだ。バツが悪いのだろう。女たちには一切目を向けない。

「誰だって訊いてんだ」

「……俺、手伝いなんで」

「そうかい。じゃあ、風俗案内開始届出書の控えを見せてみろ」

「いや、そういうのは……」

「ねえんだったら無許可営業ってことになるが、それでもいいんだな」

男は木島の腹の辺りに目を向けながら、何度も唇を舐めていた。

「大体よ、お前、ここで風俗営業していいと思ってんのかよ」

途端、男は訝《いぶか》るような目で木島の顔を見た。

「いや、ここは大丈夫でしょう。浅草七丁目は、セーフっすよ」

「そりゃ表の道渡って、向こう側の七丁目のこったろう。こっち側は駄目なんだよ」

「なんでですか。同じ七丁目じゃないですか。分かりました。出しますよ」

男は隣の部屋に入っていき、一冊のバインダーを持って戻ってきた。

「……ほら、ここ。七丁目で許可もらってるし」

「馬鹿野郎。これ、ここと番地が違うじゃねえか。お前、勝手に引っ越して、変更届も出さねえで商売続けられると思ってんのか」

「それは、ちょっと……バタバタしてて、届が遅れたのは、申し訳ないと思いますけど」

「だからよ、それだけじゃねえっていってんだよ」

木島は何もない壁を指差した。

「この建物の裏には、何がある」

男も壁に目をやり、しかし小さく首を傾げた。

「……公園、ですか」

「何公園だ」

「隅田公園……です」

「隅田公園が都市計画で何に分類されてるか、お前分かってるか」

ようやく男は、これが単なる言い掛かりでないことを悟ったようだった。

「いや……分かんないっす」

「隅田公園は第一種住居地域だよ。お前、都の条例で、住居専用地域と住居地域、及び準住居地域からの距離が二十メートル以下の区域では風俗案内ができない決まりになってるの、まさか知らねえわけじゃねえよな」

ここでいう風俗案内とは、簡単にいえばキャバクラやホストクラブ、ソープランド、無店舗型を含むヘルス等の営業のことである。決して風俗チラシを配る行為をいうのではない。

「ここの裏の道、幅が二十メートルもあるように見えるか。公園とここの間の路地だよ。あれ、二十メートルもあるのかよ」

男は歯を喰いしばったままかぶりを振った。

「それとよ、あのホテル。あそこだってこの並びなんだから、裏は隅田公園、立地条件は一緒だよな。しかもあそこ、ホテル側の人間が、女の子呼べますよって案内してるだろ。あれはマズいよな。それって、完全なる管理売春だぜ。ここの責任者、あんたを含む従業員は当然として、あのホテルの責任者も検挙の対象になるな……このまんまだと」

完全に、観念したようだった。男は一度だけ、深く頷いた。

「……どうしたら、いいんでしょう」

「どうすんだよ。こういうときはどうしろって、先輩に教わってんだよ」

男が右手を尻に回す。武器を取り出すかもしれないなどという心配は一切必要ない。男がそこに財布を挿していることは、ここに入った時点で小西も確認していた。男はだいぶ分厚く膨らんだ財布だった。男は目分量で、中身の三分の二ほどを抜き出し、木島に差し出した。

「……そうだな。それ全部渡しちまったら、パクられて罰金払ったって同じになっちまうからな」

木島はそれを数えもせず、胸ポケットにしまった。そして今一度、室内をぐるりと見回す。

「そりゃそうと、お前、加賀見って男知ってるか。加賀見勇介」

咎《とが》めは済んだと思ったのか、男はいくらか表情に落ち着きをとり戻していた。

「はい。加賀見さんなら、知ってますけど」

「最近会ったか」

それには、また首を傾げる。

「そういえば、最近、会ってないっすね」

「最後に会ったのはいつ頃だ」

「いや、いつだったかな……ふた月とか、み月、前だったかもしれないっす」

木島は胸ポケットからさっきの札を出し、五枚数えて男に突き出した。

「会ったら俺に連絡しろ。浅草署の、組対の木島だ。他のデカにいうんじゃねえぞ。俺に、連絡するんだ。いいな」

木島が振り返る。だが通路を塞いでいるのは小西なので、まず自分から玄関に向かった。ドア口まで送りに出てきた男は、何もいわずにただ頭を下げた。

「じゃあ、またな」

小西たちがその場から離れると、すぐにドアは閉まり、ロックとチェーンを掛ける音がした。

エレベーター前までいき、下向きボタンを押してすぐ、木島がまたポケットに手を入れる。取り出した札を数えると、二十六万あった。そのちょうど半分、十三万を小西に差し出す。

「……いいよこんなに。ただ立ってただけだ」

「いまさら遠慮すんなよ。役割分担だろ。俺だって後ろにコニさんがいてくれなけりゃ、こうは上手くできない」

まあ、初めてのことでもないので、その金は受け取っておいた。ちょうどエレベーターもきた。中には真っ白なブルゾンを着た若い女と、紺のフライトジャケットを着た野暮ったい男が乗っていた。おそらく出ていたデリヘル嬢の一人と、運転手だろう。いや、この距離では車を出すまでもないか。

入れ替わりに乗り込んだところで、小西から訊いた。

「そりゃそうと、あんたも加賀見を捜してるのか」

木島は早速、タバコを出して銜えている。

「ああ。ちょうど今、毒マムシも必死こいて捜してんだろう。でも、奴には渡さねえ。加賀見は俺がパクる」

そうあちこちから捜査の手が伸びてくるとは思っていなかった。

「野郎、何やったんだ、そんなに」

「まあ、簡単にいったら強請《ゆす》りだが……でもこれ以上は、さすがにコニさんにもいえねえな」

「川部が捜すのは分かる。風俗絡みだろう。実際、奴は一年前にも加賀見をパクってる。起訴には至らなかったようだが……でも、あんたはマル暴だろう。加賀見はヤクザ者じゃない」

「いいんだよ、コニさんはそんなこと心配しなくて。奴が何者だろうと、挙げたもん勝ちだよ。奴は俺が挙げる。川部には渡さねえ。それだけだ」

エレベーターの扉が開き、木島がさっさと出ていく。

小西はなかなか、その場から踏み出すことができなかった。


翌日の休みは一人で寝ていた。何本か電話も入ったが、無視して寝続けた。

夕方早くに風呂に入った。掃除はいつも念入りにやっているつもりなのに、洗い場の床と壁の境目が黒くカビているのを見つけてしまった。見つけてしまったら、見過ごすわけにはいかない。裸のままブラシでゴシゴシ、落ちるまでこすり続ける。以前はカビ取り剤も使ったが、思ったほど落ちなかったので最近は使っていない。とにかく今は、硬いブラシでこすり続ける。そうすることで、消えないはずのものさえいつか消えると、自身に証明したい。

醜く出っ張った腹の下で。ゴシゴシ、ゴシゴシ。

腐った果実のように萎れた性器を揺らして。ゴシゴシ、ゴシゴシ。

少し冷えてきたのか、尿意を覚えた。同時にあのときの憎悪が蘇り、わざとカビに向けて放つ。ゴシゴシ、ゴシゴシ。

嗅ぎ慣れた便臭が立ち込め、黄色い汁をあちこちに飛び散らせ、それでもこすり続ける。ゴシゴシ、ゴシゴシ。

俺は悪くない。ゴシゴシ、ゴシゴシ。
お前が、お前が悪いんだ。加賀見、キサマが悪いんだ——。

次の第一当番に入った朝、五号房の十一番、坂野浩一はすでに押送で留置場を出ていた。そのとき小西は看守台におり、ほとんど顔は合わせなかった。また逆送されてくるのは夕方遅く、夕食が済んでからなので、小西はもう勤務から上がっており、やはり顔は合わせなかった。

その翌日。小西が第二当番に入ったとき、坂野は五号房にいた。官本の漫画を読んでいたが、あまり面白くなかったのか途中で放り出して寝転んでしまった。午後四時過ぎに川部がきて、いったんは調べに連れ出されたが、一時間もしないうちに戻ってきた。むろん、どんな調べを受けているかは、小西には知りようもない。

この日の夕食は賑やかだった。一号房が四人、二号房が三人、三号房は万引き犯が釈放されたので、一人減って三人。四号房、五号房、六号房も各三人。各房の定員は七人だが、さすがに満員には滅多にならない。

無事就寝を迎えたと思ったのも束の間、夜十一時過ぎにはまた新人が入ってきた。麻薬所持の三十代の男だ。詳しくは分からないが、自分用に隠し持っていたというよりは、売買目的で所持していたのではないかと小西は察した。順番からすると二号房に入れたいところだが、そこにも薬物所持が一人おり、中で意気投合されても困るので三号房にした。

午前三時になってまた一人入ってきた。タクシーの運転手と揉めて手を出した五十代の男だ。酒も多分に入っていそうだが、そもそもの性格が粗暴であるように小西は感じた。そうなると、女房を意識不明になるまで殴った男のいる二号房は危険だ。四号房にも喧嘩の奴がいて、六号房にはキャバクラの用心棒がいる。必然的に、食い逃げ老人と風営法違反の坂野、もう一人は窃盗犯という、比較的大人しいのがそろっている五号房ということになる。

「……これからあんたは、呼び名も、サンダルも、寝具もすべて三番だからな。もうみんな寝てるから、静かにしろよ」

寝具を抱えた男は、三人の布団を避けながら奥に入っていった。結局便所の手前しか空いておらず、そこに寝具を広げ、面倒臭そうに横になった。

ふいに視線を感じ、部屋の真ん中を見ると、坂野がぱっちりと目を開けて小西を見上げていた。逆光で分からないのかもしれないが、目が合っているのにまったく逸らそうとしない。

「……十一番。眠れないのか」

そういうと、坂野は慌てて目を閉じ、反対側を向いた。

わけもなく、また加賀見の目を思い出してしまった。坂野は細目で、その点では決して加賀見とは似ていないのだが、それでも共通する雰囲気のようなものは持っている。小西は思い出すまいとしているのに、坂野と接すると、容易にあの蛇の目が脳裏に浮かんできてしまう。

平静を装いながらも、小西は逃げるように看守台に戻った。特別なことなんて何もない。五号房も六号房も、一号も二号も関係ない。みんな同じだ。ただ横並びの居室に過ぎない。左から右、右から左、繰り返し繰り返し、各房に異状がないか確かめる。でもいつのまにか、目は五号房の扉に釘付けになっている。絶対にあり得ないことなのに、誰も開錠などしていないのに、五号房の扉が少しずつ開き始める。中から出てきたのは、血だらけの、手だ。這うようにして通路に出てくる。派手な蛇の鱗柄のシャツも血塗《まみ》れだ。いや、違う。彫り物だ。奴はいつのまにか、全身に鱗柄の彫り物を入れている。

蛇そのものだ。血塗れの蛇が、五号房から這い出してくる。小西さん、酷《ひど》いじゃない。そう呻きながら、こっちに手を伸べてくる。指はバラバラの方向に折れ曲がり、蜘蛛かヒトデのようになっている。顔は左半分が腐って爛《ただ》れ、融《と》け落ちている。でも残った右半分で、蛇は笑みを作る。小西さん、酷いじゃない。そう繰り返しながら、小西に近づいてくる。

嘘だ。こんなことはあり得ない。お前がここにくるなんて、お前がそこから出てくるなんて、絶対にあり得ない。くるな。触るな。よせ、違う、やめろ、やめてくれ――。

しかし、出入り口のブザーが鳴った途端、蛇は綺麗に小西の前から消え失せた。引きずった血の痕も、通路のどこにも残っていない。

背後のドアが開く。

「コニさん、どうしたんですか」

入ってきたのは野村巡査長だった。

「……え、何が」

「いや、だって今、やめろーって、大声で」

そうか。本当に、叫んでしまっていたのか。

視線を房に向け、一巡させる。二号房の薬物所持、六号房の用心棒が起きて、鉄格子の向こうからこっちの様子を窺っていた。

「ああ、誰かの、寝言だろう。でも俺も、ちょっとぼんやりしてて、どこの房からかは分からなかった」

「じゃあ、今の、コニさんじゃなかったんですか」

「いや、俺じゃ……ないよ」

「声、よく似てましたけど」

「そうか？　そんなこと、ないだろう」

首と掌と脇の下に、自分でもはっきり分かるほど汗を掻いている。動悸も、外に聞こえそうなほど激しい。

「……とにかく、大丈夫だから。すまなかったな。心配ないから」

なんとか野村は押し返したが、汗と動悸は、そう簡単には治まりそうになかった。

しばらくしてから気がついた。

五号房の坂野も、じっとこっちを見ていた。

朝方の業務は問題なくこなした。押送が五人もあり、慌しかったのが逆によかったのだと思う。

「……以上です。よろしくお願いいたします」

しかし申し送りを済ませ、留置事務室を出たところで、平間係長に呼び止められた。

「コニさん。夜中のあれ、なんだったの」

ある程度覚悟はしていたので、それには落ち着いて対処できた。

「いや、私にも、よく分からんです。なんだったんでしょう」

「野村は、コニさんが叫んだんだって、思ったみたいだけど」

「違いますよ。私じゃないです。たぶん、三号房の七番じゃないですかね。ほら、例のホームレス」

一番年の近い者というと、不本意だがそうなる。

「まさか、居眠りなんてしてたんじゃないだろうね」

「違いますって。前後の巡回のときだって、きちんと対応しましたよ。ご存じでしょう」

平間は無理やり納得しようとするように、小刻みに頷いた。それでも、訝るような目遣いは変わらない。

「……何か、心配事があるなら、相談に乗るが」

「いえ、大丈夫です。ありがとうございます」

「本当に、大丈夫なのか」

「はい。なんでもありません」

それ以上の追及はなく、小西は「失礼します」とその場を辞した。

ところが着替えを済ませ、署を出て最初の角を曲がったところで嫌な顔と出くわした。川部だった。

「……コニさん」

いま出勤してきた、という感じではなかった。ひょっとすると、小西が出てくるのを待っていたのかもしれない。

「おう、お疲れさん」

そのまま行き過ぎようとしたが、川部は並ぶようについてきた。

「お疲れのところ、申し訳ないんですが」

「ああ。ほんと、疲れてるんだ。込み入った話なら、また今度にしてもらえないか」

「いえ、ちょっとでいいんで。駅までいいですか」

駅までは十分ほどある。勘弁してもらいたい。

「なんだよ。また加賀見のことか」

「ええ。その件でちょっと、コニさんに伺いたいことがあるんです」

「何も覚えてないよ。前にもいったろう」

「ところがね、変なんですよ。加賀見とコニさんが会ってるのを見たって人間が、何人かいるんです」

さすがに、ピンときた。

「……ひょっとして、坂野か」

「一人はそうです。なぜ坂野だと思ったんですか」

「そりゃ、奴が変な目で俺を見るからさ。さすがに気づくぜ、あそこまであからさまに見られたら」

空車のタクシーが向こうからやってくる。反対方向でもいい。手を上げて、強引に乗り込みたい衝動に駆られる。

かまわず川部は続けた。

「加賀見はね、消える前に、いいカモを見つけたようなことを、坂野に漏らしているんですよ。坂野はそれがなんだか知らないらしいですが、別の人間は、そのカモっていうのはサツカンじゃないかって、そういってました」

「それが、俺だっていうのか」

川部は自信ありげに頷いた。

「コニさん。加賀見に恐喝《カツ》、受けてたんじゃないですか」

「馬鹿いうなよ」

思わず立ち止まり、大声を出してしまった。

「……すまん。ちょっと、明けで疲れてるんだ」

今のはマズかった。決して刑事に対して見せていい態度ではなかった。案の定、暗い輝きをたたえた川部の目が、小西を捉えている。

「コニさん。加賀見は悪党です。本当なら、俺が追うようなタマじゃないのかもしれない。木島さんとか、もっというなら、本部の一課か組対にでも任せた方がいいんじゃないかってくらい、とんでもない悪党なんですよ」

フザケるな。本部になんて出張られたら堪《たま》ったもんじゃない。

「それよ……なんなんだよ。木島もなんかゴチャゴチャいってたけど、じゃあなんだって訊いても、いわないいんだ。いえないいんだったら、俺にだって何もできないよ。本当に知らないんだから」

枯葉が一枚、風に乗って飛んできた。小西の肩に当たり、また背後へと飛ばされていく。

川部が、癖のある髪を掻き上げる。

「俺が喋ったら、コニさんも正直に話してくれますか」

それは、残念だが無理だ。

「何を。俺は本当に、何も知らないんだ」

「坂野はウタってくれましたよ。ふた月前、九月十二日の月曜日、三ノ輪二丁目の喫茶店『ブルーノート』で、加賀見はある男と会っている」

なんてことだ。わざわざ管内を離れたところで待ち合わせたというのに。

「その店には坂野自身が、坂野の車で加賀見を送っていった。坂野はその店から少し離れたところに路駐して加賀見を待っていた。二人の座った席は見えなかったが、先に店を出てきた加賀見が車に乗り込み、あとから出てきた男はおそらくそうとは知らず、加賀見と坂野の乗った車の横を歩いて通り過ぎていった。そのとき加賀見はいったそうです。あれが、新しいカモだと」

わざわざ時間差で出ようといったのは加賀見だ。そこまで奴は計算していたというのか。

「……その、加賀見にカモ呼ばわりされた間抜け野郎が、俺だっていうのか」

「ええ。坂野は間違いないといっています」

「それより、新しいカモってのはどういう意味だ。……その男より前に、カモにされてたサツカンがいるってことか」

危うく「俺より前に」といいそうになったが、そこはなんとか誤魔化した。誤魔化せた、と思う。

川部は静かに頷いた。

「……そういうことです。加賀見はうちではなくて、別の署の、組対の人間をカツってました。捜査情報を引き出し、ときには押収した薬物の横流しもさせていた。そのサツカンは今年の初めに自殺しました。過労によるノイローゼってことになってますが、事実はそうじゃない。加賀見に骨までしゃぶられて、擦り切れて、死を選んだんです」

サツカンをしゃぶる旨みが忘れられず、二匹目のドジョウを狙ったが――ということか。

「そいつは、加賀見になんの弱みを握られてたんだ」

「さあ。それはまだ分かってません。そこまではさすがに、加賀見も周囲に漏らしていませんでした」

そうか。ならよかった。不幸中の幸いというやつだ。

小西はあえて、川部に正面を切った。

「……川部。お前がもし、俺のことを心配してくれてるんだったら、礼をいう。だが、その必要はない。俺は加賀見にカツなんてされてないし、されるような覚えもない。むろん、今の居所も知らないし、いきそうなところに心当たりもない」

だが、川部が見せた反応は、小西が予想していたのとはまったく違うものだった。

川部は眉間に皺を寄せ、まるで睨むように小西を見た。

「……俺はね、コニさん。あなたの身を案じて、訊いてるんじゃないんですよ。むしろ逆です」

しくじった。もしそうなのだとしても、口に出していわせるのはマズい。

「俺はね、加賀見の身を案じているんです。窮鼠猫を嚙む、ってね。あんまりにも追い込みすぎて、逆上したカモの返り討ちにあって、今頃、加賀見はどっかで冷たくなっててんじゃないかって……そんなことを、どうしても考えてしまうんですよ」

どうする。どう返すのが、一番自然だ。何をいったら、一番疑われない。

「……なんだそりゃ。それじゃ、俺が加賀見を消したみたいじゃないか」

「みたい、ならいいんですけどね」

「おいおい。いくらお前だって、いって良いことと悪いことがあるぞ」

もっと怒った方がいいのか。笑い飛ばした方がいいのか。分からなかったが、とにかく続けた。

「……分かるだろう。明けで疲れてるんだ。押送が五件もあってな。もう勘弁してくれよ。今のお前の妄想は、聞かなかったことにしてやる。でも、これ以上蒸し返すようだったら、俺だって怒るぜ。そんな絵空事ばかり追っかけてると、木島に抜かれるぞ」

そういって川部の肩を叩き、小西は駅方面に歩き始めた。

叩いたとき手は震えていなかったか。今の自分の足取りはしっかりしているか。そんなことが、無性に気になった。

自宅に帰るなり、リビングの机に直行した。一番深い引き出しを開ける。ヨレて紙が柔らかくなった封筒を取り出し、中身を確かめる。携帯電話。何かのときに使えるかもしれないと思い、保管しておいたものだ。素手では一度も触っていないから、小西の指紋はついていない。電源を切るときもボールペンを使用した。また拭いたりは一切していないので、加賀見の指紋は自然な形で残っているはずだ。

念のため一時間ほど充電をし、それを持って小西は部屋を出た。草加から東武スカイツリーラインで押上、都営浅草線に乗り換えて横浜まで出るつもりだった。

車中、ずっとポケットにしまった携帯の存在が気になって仕方なかった。横浜に着いたら電源を入れ、どこかに落としてくればいいだろうか。誰かが発見して、駅の忘れ物預かり所に届けてくれるのが一番いい。最悪なのはゴミとして処分されてしまう事態だが、さすがにそれはないだろう。他には、拾った人間が小遣い稼ぎがてら、売り飛ばしてしまうという可能性も考えられる。転売されてまた誰かが使ってくれればまだいいが、解体されてパーツになっては意味がない。やはり、確実に忘れ物預かり所に届く方法をとらなければならない。

結局、小西は自ら駅員に届けることにした。

しばらく構内をうろついて、尾行されていないかどうかを確かめた。特に川部。奴はかなり背が高い。百八十センチ以上ある。見れば分かるはずだ。あるいは木島。奴の風貌も完璧に頭に入っている。見分ける自信はあった。しかし、その他の生安、組対の捜査員に尾行されていたら分からないかもしれない。なので、念入りに尾行を撒《ま》いた。タクシーも使った。ときには走りもした。途中で一度自分の携帯に着信があり、跳び上がるほど驚いた。ユキだった。腹立ちもあり、忙しいんだといって五秒で切った。そんな邪魔もあり、もう大丈夫だと思えるまで一時間ほどかかった。

駅の便所に入り、まず革の手袋をし、携帯を取り出し、ボールペンを使って電源を入れた。それを持ってまた、駅構内を歩き始めた。

きっぷ売り場の近くに駅員がいた。買い方が分からない客に案内をする係のようだった。

「すみません」

小西が声をかけると、彼は「はい」と朗らかな笑みを浮かべて振り向いた。

「そこで、携帯を拾ったんですが」

「ああ……それでしたら、ご面倒ですが」

「すみません、私も急いでるんです。あなたから係の人に渡して、処理してください」

「いえ、でも」

「お願いします。そうしてください」

無理やり彼に携帯を押しつけ、小西はその場から立ち去った。

川部の困惑する顔が目に浮かんだ。

妙な興奮を覚えた。


その後、数日は何も起こらなかった。

坂野の風営法違反については充分に調べがついたのか、あるいは小西の顔を確認させて川部は満足がいったのか、勾留期間の途中で坂野は釈放されていった。

坂野の釈放後、川部とは署の食堂で顔を合わせたが、そのときは何もいってこなかった。

だがそれから二日ほどして喫煙所で出くわしたとき、向こうから話しかけてきた。

「……コニさん。この前は、すみませんでした。実は、加賀見の携帯が、横浜駅で見つかりましてね」

笑い出したいのを必死で堪え、ほう、と合いの手を打った。

「横浜駅……そりゃまた、遠いような、近いようなだな」

「実際のところ、それで加賀見の行方が分かったわけでもないんですが、そのつもりで聞き込みしてみると、加賀見を見たって話もちらほら聞こえてきましてね。今後は少し、あっち方面にも捜査の足を伸ばしてみたいと思っています」

小西は表情を崩さないように頷いた。

「そうか。まあ、お前の、手柄が懸かってて逸《はや》る気持ちも分からなくはない。ましてや、サッカンがカモにされてたんじゃな。無理もないよ……この前のことは、俺も水に流す。また、落ち着いたら飲みにでもいこうや」

川部は「ありがとうございます」と、頭を下げて中に入っていった。正直、こんなに上手くいくとは思っていなかったが、結果オーライ。棚から牡丹餅。これで少し、小西も気が楽になった。

だからというわけではないが、次の明けのときにユキを呼んだ。

『ほんと？　ほんとにいっていいの？』

「ああ。今日なら一日家にいる。いつでもいいよ」

自宅に着いたのが十一時くらい。風呂に入って、缶ビールを一本空けた辺りでチャイムが鳴った。

「はい、開いてるよ」

「お邪魔しまーす」

久々に会うユキは以前にも増して若々しく、溌剌《はつらつ》として見えた。

食事を作るといってくれたが、それよりも先に小西は体を求めた。

シミ一つない、滑らかな白い肌。人によっては痩せすぎというかもしれないが、小西はこれくらい細い方が好みだった。薄い胸に唇を這わせる。感じやすい先端を舌で転がす。子猫のような声が、小西の性欲をさらに刺激した。唇を吸いながら髪を撫でてやる。甘い香りの吐息まで、すべてが愛しい。こんな醜い初老の男の何がいいのか。もうそんなことは問うまい。醜い欲望の赴くまま、この白い体を犯してやろう。体を無理やり二つ折りにし、繋がりを露わにしてなお突き入れる。

「……ちょっと……恥ずかしいってば」

ならば四つん這いになれ。尻を突き出せ。その美しい背中をしならせて、この責めのすべてを受け入れろ。そう、小西はこの背中が何より好きだった。自分の、太く浅黒い手で、小さな雪原のごとき肌を存分に撫で回す。ゆるみのない脇腹に触れると、くすぐったいのか身をよじる。そのまま胸を弄《もてあそ》ぶと、笑い交じりの悦びが聞こえてくる。

小西はなかなか果てなかった。いつまでもその柔らかな尻に、たるんだ下腹を捏《こ》ねつけていたかった。嫌だといわれればなおさら、仰向けに返して大股を開かせ、見ないでといわれた部分を見てやりたくなった。

すべてが赦《ゆる》される。本気でそう思えた。この醜さは受け入れられる。それが心の拠り所だった。愛し、穢《けが》し、慰め、責める。そうすることで自分という存在は赦される。ならば犯そう。その白い体が、粘って臭い立つ唾液に塗れるまでしゃぶり尽くそう。口が渇いたら、またそのサラサラとしたお前の唾液でこの舌を潤しておくれ。果てて萎れたら、その艶やかな唇で再び力を与えておくれ。

やがて、噴火の兆しが股間を揺さぶり始めた。だいぶ溜まっていた上に、かなり長く捏ね回した。そろそろだと告げると、ユキは子供のように頷いた。華奢な肩を両手で摑み、引きつけ、さらに深く捻じ込んでやる。叫び出したいような快感が下半身で踊り狂い、先端の一点を目指して渦を巻き始める。いくぞ、いくぞ、いくぞ。そういってから、さらに動きを速める。互いの声が同じ拍子を刻み、肉が肉を打つ音が重なり、そして、

「……あっ」

すべてが、解き放たれた。

ユキはゴボウのポタージュスープと、なんとかという難しい名前のスパゲティを作ってくれた。

「海老の、なんていった」

「小海老のゴルゴンゾーラチーズソース・タリアテッレ」

「……うん。まあ、美味いよ」

それと生ハムをつまみに、二人でワインを一本空けた。テレビでは古いギャング映画の

DVDをずっと流していたが、二人ともまったく観ていなかった。

洗い物を済ませ、夜八時頃になってユキは帰るといった。

「なんだ。たまには泊まっていってもいいんだぞ」

「やだ。なんか急に優しくされると、逆に怖くなる。嬉しいことは、少しずつの方がいいよ。また、非番の辺りに電話するから」

そういってユキはバッグを担ぎ、玄関に向かった。小西も慌ててスラックスを穿き、シャツのボタンを留めた。

「いいよ、わざわざ着なくても」

「すぐそこまでだよ」

「いいって送らなくて。かえって帰りづらくなる」

「じゃあ、玄関まで」

ダウンジャケットで丸くなった背中すら愛しい。その下に覗く細い脚の美しさを、また改めて味わう。

ユキがロックを解除し、ドアを押し開ける。

「じゃ、またね」

「ああ」

突き当たりのエレベーター乗り場までいくのを、じっと見送っていた。ユキは追い払うような仕草を見せたが、小西はかまわず、そこを動かなかった。

下がっていくのまで見届けて、ようやくドアを閉める。重たいスチールの、それでいてどこか空虚な響きを耳にし、また一人になったのだと思い知る。だが、これでいい。自分にはこれくらいの、孤独と恩赦の繰り返しが相応しい。赦されすぎてはいけない。

そんなことを思いながら、リビングに戻ったときだった。

チャイムが鳴り、インターホンのランプが灯った。ユキだと思った。何か忘れ物でもしたのだろうが、あいにく鍵は閉めてしまった。

「はい、いま開けるよ」

玄関までいき、左足にだけサンダルをつっ掛け、前のめりの姿勢でロックを解除する。ノブを回し、数センチほど押し開けると、思ったより勢いよくドアは開いた。

立っていたのは、川部だった。

「こんばんは」

「ああ……なんだ、急に」

初めてだった。川部に限らず、警察関係者がここを訪ねてきたことは今まで一度もなかった。

「ちょっと、いいですか」

「なんだ。加賀見の件なら、済んだんじゃなかったのか」

「それもそうですが、でも、とにかく……こんなとこじゃ、話しづらいんで」

確かに。なんの話であるにせよ、近所に聞かれたくはない。

「そうか……じゃあ、入ってくれ」

「失礼します」

小西がリビングに引き返すと、川部はそのまま靴を脱いで上がってきた。コートを着たまま、ダイニングテーブルの傍らに立つ。部屋をぐるりと見回し、流し台にある、まだ濡れているワイングラスと皿に目を留めた。それと、ジューサーミキサー。

「お客さんが、見えていたんですね」

「ああ……古い、友人だ」

六畳間の出入り口が開いている。乱れたベッドを見られるのは嫌だった。そっとドアを閉め、小西は川部に向き直った。

「で、なんの用だ」

「ええ。じゃあ、まず……例の、携帯の話からいきましょうか。横浜駅で見つかったあれ、本当は、コニさんが届けたんですよね」

ぞっとしたが、ぎりぎり顔には出さずにやり過ごせた、と思う。

「なんの話だ。まったく分からん」

「携帯電話を受け取った駅員に話を聞きましてね。コニさんの写真を見せたら、たぶんこの人だと証言してくれました」

「他人の空似だろう。俺は横浜駅なんて、もう長らくいってもいないぞ。それとも何か、その携帯から俺の指紋でも出たのか」

「届けてくれた人は黒い革の手袋をしていました。指紋は付いていなくて当たり前です」

「ちょっと待てよ。横浜周辺で、加賀見の目撃談が拾えたんじゃなかったのか。この前、そういってたじゃないか」

「あんなのは方便ですよ。あなたを、油断させるための」

カッとくるものがあったが、それもなんとか抑え込む。

「なんで、俺を油断させる必要がある」

「お分かりでしょう。動かすためですよ」

「動かす？　俺が、何をしに、どう動いたっていうんだ」

「動いてるじゃないですか、ほら」

川部は流し台を指差した。ユキと二人で過ごした、痕跡。

「あれこそまさに、ネタだったんじゃないですか」

こいつ、何を――。

「申し訳ないとは思いましたが、令状をとりまして、コニさんの携帯の通話記録を調べさせてもらいました。横浜駅に加賀見の携帯が届けられたあの日、コニさん、横浜駅にいってますよね。一度着信を受けてもいる」

しまった。そこまで調べられていたか。

「おかしいですね。今し方、横浜駅など長らくいってないといったばかりなのに……訂正なさいますか。今ならまだ受け付けますよ」

そうしたかったが、どう言い直していいものか分からなかった。

こういった詰問にあうと、自分がいかに捜査に対して無知かを思い知らされる。警察官といえども、小西は地域と交通と留置しかやってこなかった。相手を問い詰めて追い詰める、そういう駆け引きにおいてはまったくの素人だった。

「さっき出ていった方が、その通話のお相手ですか」

「……見てたのか」

「ええ。えらくお楽しみのようだったので、しばらく外で待たせてもらいました」

張り込みまでされていたとは。

「だいぶ、お若い方なんですね……内藤《ないとう》、幸也《ゆきや》さん」

冷たいを通り越し、もはや痛みにすら思える怖気が走った。何本もの鋭い爪で、背中の肉を削ぎとられるかのようだった。

「まさかね……噂には聞いてましたが、本当にコニさんがそうだとは思いませんでしたよ」

怒りと、憎しみと、驚きとで舌がもつれそうになる。

「う……噂、って、どういうことだ」

「おや、ご存じありませんか。コニさんって、ちょっとホモっぽいよなって、署内ではもっぱらの噂ですよ。一人言い出すとね、どれどれ、コニさんって誰って、噂話は広がっていくものです。特に警察は男社会ですからね。同性愛者に対する、差別意識は根深い」

だから、みんな、俺の名前を――。

「私はね、今回の一件、こういうふうに見ています。加賀見は去年の十一月、私にパクられ、うちの留置場に放り込まれた。実は同じ頃、内藤幸也もうちの留置場に入っていますね。留置番号、十八番……その辺もちゃんと調べてきましたよ。容疑は職質を受け、自転車盗を咎められて逃げようとした際の、公務執行妨害。一週間ほどで釈放されていますが、その間、男色の疑いありと見られていた内藤幸也は、六号房に一人で入れられていた。ちなみに身体検査をしたのはコニさん、あなたですね。あなたはその時点で、内藤幸也の性癖を見抜いていた。違いますか」

そう。ひと目見たときから夢中だった。あの尻、あの腰、あの背中に。

「そしてあなたは、当番のたびに内藤幸也を運動に連れ出している。別の係員がつくときは、他の房の被留置者と一緒なのに、あなたのときに限って、内藤幸也は一人で運動に連れ出される……しかも、決まって係員はあなた一人。つまり、内藤幸也はあなたと、二人きりになる」

可愛い顔をしていた。艶やかで柔らかそうな唇。甘い香りのする吐息。でも、最初に誘ったのはユキだった。担当さん、こういうの嫌いじゃないでしょ。そういって、小西の股間に手を伸べた。まったく、抵抗できなかった。それればかりか、はち切れんばかりに張り詰めていた。

「運動の間に、あなたと内藤が何をしていたのか。加賀見はなんらかの方法で、それを知ったんでしょう。ひょっとしたら、あなたがいない運動のときに加賀見と内藤が一緒になり、そんな話をしたのかもしれない。内藤がどういう性格なのかは、私は知りません。でも、看守と特別な関係にあることに、優越感を覚えたとしても不思議はない……立場が逆だったら、面白くて仕方ないと思いますよ。自分が留置されていて、女の留置係員とデキてしまったなんてなったら、そりゃ確かに愉快だ」

違う。ユキはそんな子じゃない。もっと、もっと真面目に自分を、正面から愛してくれた。

「得意げに耳打ちしたんじゃないですかね。あの年配の看守、二人きりになると、僕にやらしいことするんだよ、とかなんとか。それは、加賀見にとっては恰好のネタだった。勤務中に、署内で行為に及んでいたんですからね」

確かに、自分も一度はそれを疑った。ユキを問い詰めた。加賀見に喋ったんじゃないのか。俺との関係をバラしたんじゃないのか。しかし、ユキは必死で否定した。涙を流し、そんなことするはずがない、あなたが困るようなこと、するはずがないでしょうと訴えた。

あの涙に嘘があったとは思えない。そしてあのときほど、己の心の醜さを恥じたことはない。あんな、天使のような子を疑った自分という存在を、憎んだことはない。

いや、憎むべきは加賀見だ。生安と組対の捜査員名簿を見せろ。持ち出せないならお前が作れ。写真入りでだ。それから、押収した覚醒剤、コカイン、大麻。なんでもいいから持ってこい。拳銃もあるだろう。上手くやれば持ってこられるはずだ。できないなんてのは言い訳だ。できるんだよ。その気になりゃ留置係員だってできるんだ。頭を使え。ゲイの坊やのケツばっかり追っかけ回してねえで、ちったぁ頭使って、人様の役に立て。この変態野郎が。

「ちょ……ちょっと、コ……コニさ……」

そう。俺だよ。俺が殺したんだよ。この部屋でな。こうやって、思いきり首を絞めてさ。腕力にはいまだ自信があるんだ。五秒か十秒だよ。抵抗されたって、そんなのはたかが知れてる。こうしてな、馬乗りになって、膝で固定しちまえば、両腕の自由だって利かなくなる。

「ウッ……グエ……」

醜いなぁ。目玉も舌も飛び出させて。最悪だぜ、今のお前の顔。見られたもんじゃねえ。ほら、死ねよ。死んじまえよ。あとでゆっくり、切り刻んで捨ててやるからよ。細かく細かく、ミンチにしちまえば、肉なんてどうにだってできるんだ。腐る前に焼いたっていい。案外いい匂いがするもんだぜ、人肉ってのも。二キロも三キロも焼いてるとよ、段々腹が減ってくるんだ。焼肉のタレでもぶっかけて食っちまおうかと、何度も思ったぜ。いや、何枚か食ったんだっけな。もう覚えてねえや。

「……ブゥ……」

ああ、また、殺しちまった。

でも、これでいいんだよな。

ユキ——。
お前だけは、俺を赦してくれるよな。

シザーズ

福田和代

福田和代（ふくだ　かずよ）

一九六七年兵庫県生まれ。神戸大学卒。金融機関でシステムエンジニアとして勤務の後、二〇〇七年『ヴィズ・ゼロ』を上梓。豊富な情報量と圧倒的なスケールで読書界の話題をさらう。東京が大停電に陥る『TOKYO BLACKOUT』や超高層ビルがジャックされる『タワーリング』といったクライシスノベルのほか、銀行のシステムを支える人間の情熱を描いた『リブート！』、事件のみならず街の情景を織り込んだ警察小説『スクウェアⅠ・Ⅱ』『ZONE』などの著書がある。

1

「それじゃ、行きますよ」

善田《ぜんだ》が合図して階段をのしのし上がって行く。

エレベーターもない、こぢんまりした五階建ての雑居ビルだ。男ふたりがすれ違うのも難しい階段を、上月千里《こうづきせんり》もテンポ良く上りはじめた。後に続け、と後ろの部隊に指示する。

自分はともかく、四十の坂にさしかかり、恰幅のいい——言い替えるなら小太りの——善田は、階段に身体がつかえそうだ。言葉には出さないし態度にも疲れを表さないが、ふうふうと息が荒い。上月も、さっきから汗でメガネがずり落ちて困っている。

午後七時。このあたりは住宅街で、住民が帰宅してマンションやアパートの灯がともりはじめる頃合いだ。踊り場に出るたびに、上月はぽつぽつと輝きはじめる光を眺めた。

個室マッサージ『ハニータイム』はビルの最上階。上月は、巣鴨署の面々が少し距離をおいてついてくることを、肩越しに確認した。

薄い鞄の中には逮捕状と家宅捜索令状が収まっている。つい数時間前に、東京地方裁判所から受け取ってきたものだ。幸いなことに、五階に到着するまで誰にも会わなかった。

どぎついピンクのハートマークに『ハニータイム』と白く抜いた看板を確認する。善田が上月の許可を求めるようにちらりとこちらを見て、呼び鈴を鳴らした。

この店は警戒心が強い。アルマジロなみに警戒しているのは、後ろ暗いところがあるからだ。扉の鍵はいつも開いているわけではない。客の来訪を知らせるベルが鳴ると、内側でカメラの映像を見て開ける。客が入店すると、すぐに閉める。今ごろ店内では、モニターに映った小太りで背の低い男性と、ほっそりした若い男性のふたり組をじっくり観察していることだろう。上月は、なるべく茫洋《ぼうよう》として見えるよう装った。普通にしていれば、善田も自分も警察官には見えない。冴えないサラリーマンのふたり組、先輩が後輩を引き連れてきたというところだ。

扉が開いた。

「いらっしゃいませ」

鍵を開けたのは三十歳前後の女性だった。内偵で、「みるく」と名乗る中国人女性だとわかっている。「みるく」は上月と善田が店内に入ると、そそくさと扉の鍵をかけた。

「警視庁保安課と巣鴨署だ」

善田が警察バッジを高く掲げながら、わざと野太い声で叫び、店内に踏み込んでいく。

「みるく」が仰天するのをしり目に、上月は鍵を取り上げて開けた。

「はいみんな、そのまま動かないで。そのままの姿勢でじっとしてください。逃げたらだめよー、動かないでね。ほらそこっ！　動くなって」

『ハニータイム』に飛び込んできた巣鴨署の捜査員たちが、怒濤の勢いで店内に侵入して個室のドアを開いてまわる。素早くやらないと、女の子や客の中には、個室の窓から逃げ出そうとするのがいるのだ。五階の窓から無事に飛び降りられるほうが珍しい。彼らが性急なのは、けが人を出さないための思いやりだ。

善田が指をさして大声で決めつけたのは、女性店員のひとりがトイレに駆け込もうとしたからだった。女性の捜査員がすぐさま飛びついて、彼女を引き留めた。何かを処分しようとしたのに違いない。禁止されている薬物かもしれないし、ひょっとすると使用済みのコンドームかもしれない。証拠隠滅だ。

そちらは善田に任せて、上月は受付に立つ中年男性に向き直った。洒落《しやれ》たつもりで片耳にフープのピアス、がっちりした四角い顎《あご》に短い無精ひげ。間違いなく、経営者の島丘豪《しまおかごう》だ。鞄から出した逮捕状と家宅捜索令状を、島丘からよく見えるように広げてやる。

「はいお疲れさん。島丘豪さんですね。あなたに逮捕状が出ています。知ってるでしょうが、このあたりは風俗営業禁止地域なんですよ。あなた無許可でこの店を出してますよね」

こんなことには慣れっこなのだろう。島丘は慌てる様子もなく落ちついてふてくされている。つい半年前までは、新宿で個室マッサージの店を営業していた男だ。警察の摘発が相次いで経営が厳しくなってきたものだから、都心の繁華街を避けて周辺の住宅街に移ってきた。警察に踏み込まれれば終わりと覚悟を決めて営業しているのだから、たいした度胸だ。

——ご愁傷様だけどね。

上月は銀縁メガネを押し上げた。

「そこ！　動くなって言ってるでしょ」

善田が声を張り上げた。

あちこちでカメラのフラッシュが焚《た》かれている。

「ちょっと！　やめてよ」

騒然とした店内に悲鳴が上がる。個室の中では全裸だったり半裸だったりの男女が、今まさにお楽しみの真っ最中というところだろう。警察官が踏み込んだ瞬間の状態を写真に撮るから、彼らにとっては屈辱的なポーズで撮影されてしまうというわけだ。

「さっきと同じポーズとってよ。俺たちが入ってきた時と同じじゃやつ」

「そんなところ触ってなかっただろ。ちゃんと腰に手回せよ」

「おまわりさん、ヘンタイね！」

カメラのシャッター音が罵声の合間に飛び交う。個室から出てきた女性たちが、捜査員と大騒ぎしている。はやく服を着ろと促しても平気な顔でうろつくのだから始末に負えない。中国から来ている不法労働者だ。ビザの期限など、とっくに切れているのもいるだろう。

「女が四人、客の男が三人いるはずだ」

「全員確保しました！」

開店の数時間前から警察官を張り込ませて、店内に何人いるのかも調査済だ。客が入店してから、わざとしばらく時間を置いた。確実に現場を押さえるためだ。

「あたし、日本語、わからないね！　どしてこんなことするの！　もう帰る！」

甲高い声で女のひとりが叫んだ時、上月はハタと肝心なことに気がついた。おやまあ、こいつは大きな忘れ物をしたようだ。

何か言おうとした時、店の出入り口で小さな口論が始まった。巣鴨署の捜査員が、誰かを鋭く押しとどめている。

「今日はもう、ここには誰も入れませんから。あなた、ここによく来られるんですか」

「来ねえよ。初めてだよ。俺は客じゃねえ！　なに寝ごと言ってやがる」

不機嫌そうな、寝起きの虎みたいに物騒な声。振り向いた善田が、「あちゃあ」と丸い目をぐるぐる回して額に手を当てた。巣鴨署の署員は知らないかもしれないが、保安課の職員は声の主を熟知している。これ以上、傷口が広がらないうちに手を打たなければいけないようだ。上月は出入り口に急いだ。

「城《じょう》さん！」

いきなり、びゅんと黒い物体が飛んできた。とっさに摑《つか》んだ上月は、それが城の警察バッジだと知って目を瞬《しばたた》いた。

——あっぶねえ。

うかうかしていたら、そのうち城に頭でも割られそうだ。

「このぼんやりデカ、またしても俺を忘れて行きやがったな！」

ぼんやりデカって言うか、普通。

その感想はどうにか笑顔で飲みこんで、上月は背後の中国人女性たちに顎をしゃくった。

「おやまあ、ちょうどいいところに。出番だよ、城さん」

喉の奥で唸り声を上げると、城は細い目を吊り上げて店の奥に向かった。ぼさぼさの髪を掻《か》きながら、女たちを睥睨《へいげい》する。

『俺たちは日本の警察だ。おまえたちは逮捕された。何でも素直に白状すれば、俺サマがきっちり通訳してやる。ありがたく思え！』

城が早口でまくしたてた中国語は、上月にはさっぱり意味不明だったが、おそらくこんな内容だったのだろう。女たちがほっとしたように、城の腕にとりついて説明を求めはじめた。いくら面《ツラ》の皮が分厚いとはいっても、海外で警察に逮捕された場合の対処方法に慣れた女ばかりじゃない。異国で言葉が通じる以上に心強いことはない。

つい今しがたまで不愉快そうだった城の顔も、少しは緩んだようだ。——現金なやつ。

「『通訳先生』を忘れてくるとは、とんだ失敗でした」

善田が苦笑いしながらそうこぼした。上月より年上だが、階級はひとつ下の巡査部長。試験が苦手なんですよと口にしているが、本心では出世に興味がないらしい。へいこらはしないが、若い上月をさりげなく立ててくれる。その点、城とはえらい違いだ。

「無意識のうちに、来てほしくなかったのかもしれませんねえ」

上月がぼやくと、彼は人のよさそうな丸顔に磊落《らいらく》な笑みを浮かべた。

城正臣《まさおみ》は、警視庁通訳センターに所属する通訳捜査官のひとりだ。外国人による犯罪の増加に通訳の増員が追いつかず、外部の通訳に委託することもあるのだが、城は警視庁に勤務する本物の警察官だ。

一般企業に求められる外国語能力といえば英語が一番だろうが、警察では事情が違う。通訳センターに入る要請のうち、半数以上が中国語の通訳だ。つまりそれだけ、わが国にはおおぜいの中国人が流れ込んでいて、犯罪やトラブルも多発している。時代の趨勢《すうせい》でしかたがないとはいえ、言葉が通じないと捜査に支障をきたす。

そんなわけで、平成元年、警視庁警務部教養課内に警視庁通訳センターを設置することになった。語学が得意な職員を集めるとともに、特別職として中国語やタガログ語などに堪能な職員を新規に採用し、どうにか通訳センターの陣容をそろえた。

その中に、どうやって紛れ込んだのか知らないが、城がいる。

巣鴨署の取調室で、悲鳴のような声を上げ続けているのは、『ハニータイム』の従業員の女性だった。馮青《フエンチン》、二十二歳。その年齢にしては化粧が達者で、必要ないくらい濃い。まぶたの上には、べったりと青いラメ入りのアイシャドーが塗りたくられている。人相を変えるためにわざと濃い化粧をしているのかと疑いたくなるくらいだ。

その娘が、舌を嚙《か》むんじゃないかと心配になるような早口で、城と応酬を続けている。ただでさえ中国語は早口言葉みたいだから、まるで喧嘩でもしているようだ。城の悪いところは、同席している捜査員に、会話の詳細を教えないところだった。

後で「こんな会話だった」とあらましは語るのだが、絶対にこいつは適当なことを話しているのに違いないと上月は疑っている。それでも中国語の通訳が必要になると、つい城を指名してしまうのは、彼を連れていくと捜査がスムーズに進むからだ。捜査で必要なのは、こちらや相手の言葉を逐次通訳してくれる、一般的な意味での通訳ではない。時には犯罪者の真意を推測し、脅したりなだめすかしたり、あらゆる刑事のテクニックを駆使しながら自白を促す。つまり「通訳刑事」なのだ。

馮青がハンカチを目に当ててすすり泣き、やがて号泣し始めた。中国系の人間は感情の起伏が激しく、それをあからさまに出すので、取調室は時として修羅場にもなる。

「城さん。いいかげんに、何を話したのか教えてくれませんかね」

城が相手を落とすつもりらしいと見て、黙って我慢していた上月は、たまりかねて睨んだ。んああ、と生あくびを嚙み殺すような声を出し、城がしぶしぶ口を開く。

「この女、俺を中国人だと勘違いしてやがるんだよ」

そいつはいつものことだった。ぱさつく髪に、細い目、もっさりと大柄な身体つき。中国でも福建省あたりに多い外見だ。そこに流暢な広東語《カントン》が加われば、てっきり中国の同胞が通訳として日本の警察に協力していると考えるらしい。

「同じ中国人なら、なんと答えたらこの場をしのげるのか教えてくれって言いやがるから、正直に話せと言ってやったんだ」

ばりばりと頭を掻いている。そんなまっとうなことを、この城が言うはずがない。どうせ、馮青が青くなって怖がるような嘘八百を並べたてて、さんざんビビらせたのに違いない。怖がらせたところで彼女らもしたたかに抵抗するので、あまり害にはならないのだが。ちなみに、城が「中国人に間違えられた」と言うときは、百パーセント自慢しているのだ。自分の語学力が高いせいだと考えている。上月は、どちらかと言えば外見のせいだと思っている。

警察官はこわもてするほうが得だ。被疑者も善良な一般市民も、城のようにワルそうな顔を見ると向こうから勝手にビビってくれる。上月のようにカタブツのお坊ちゃんタイプの外見だと、ビビるどころか舐《な》められる。正直、城がちょっぴりうらやましい。

「城さん、彼女に通訳してくれ。店で行われていたことを正直に話せば、心証はよくなる。日本には売春禁止法はなくて、売春をさせた管理者の責任を問うだけだから、彼女自身が重い罰を科せられることはないはずだ。正直に話せばな」

「上月、この女が心配してるのは売春関係じゃないんだ。留学ビザで入国して、学校はやめたのにそのまま不法に滞在してる。強制送還されるんじゃないかと考えてるんだよ」

上月はため息をついた。どうせそんなことだろうと思っていた。

「それで、不法に滞在してあの店で売春していたことは認めるって?」

「おお。認めたよ」

なんだか妙に城が焦っている。ふと気づいて上月は腕時計を確認した。なんと、もう十時半か。

「悪いな上月。途中だけど、もう上がらせてもらう。ホノカのやつ、迎えに行かねえと」

そわそわと尻を浮かせ、城の心はとっくに取調室から離れている。まったくしかたのないやつだ。しかし、事情を考えると城を責めるのもお門違いだ。

「わかったよ。この子の調書は明日作成するから、またつきあってくださいよね」

「了解」

ひどく雑な敬礼のまねごとをすると、城は「ぴゅう」と擬音をあてたくなるような素早さで、取調室を出て行った。女がぽかんとその様子を見送っている。言葉も通じないくせに、あんたひとりでどうすんのよ、と言いたげな視線に出会い、上月はにっこりと笑った。

「また明日、続きをやる。ＯＫ?」

どうせ長い間怪《あや》しげな仕事をしてきたのに違いない。この程度の日本語なら理解できるはずだ。女を勾留する手はずを整えて、勤務を終えたのは十一時過ぎだった。桜田門の本部に戻って報告書を書くのは明日に回すことにして、今夜はひとまず店じまいだ。

麴町の官舎に帰ると、日付が変わっていた。

「お帰りなさい。今日はちょっと早かったね」

夜中の十二時過ぎに帰宅して、今日は早かったねと言われるのが刑事の仕事だ。朝子《あさこ》が、受け取った鞄の中をさぐって、ハンカチや弁当箱を取り出している。

「城さんと組んで仕事をしたからな。向こうの都合に合わせたのさ」

「そう言えばさっき帰ってきたみたいだった。ホノカちゃんの声が聞こえたから」

上月は玄関の壁越しに、隣の城家が覗《のぞ》けるような感覚がして頷《うなず》いた。ネクタイをほどいて椅子の背に掛ける。

「城さんさえ良ければ、仕事が遅くなる日は私が保育園まで迎えに行ったってかまわないのにね」

明日のために、ぴんとアイロンの当たった新しいハンカチを鞄に入れながら、朝子が首を振っている。彼女は世話好きだ。隣に住む男やもめの城のために、ホノカの面倒をみるくらいは平気だろう。しばらく証券会社に勤めていたこともあるが、今は友達が経営する近所のスペイン料理店でアルバイトをしている。時間の余裕はあるはずだ。

「だめだ。うちにもそのうち子どもができるだろ。赤ん坊を抱えてホノカちゃんの面倒をみられると思うかい。中途半端に頼りにさせて、途中で放り出すほうが不親切だよ」

「またあ。千里はすぐそういう、堅苦しいことを言うんだから」

朝子の声が風呂場に遠ざかる。

城正臣は、上月の一年先輩にあたる。最初の配属先が同じ月島署で、しばらく一緒に交番勤務にあたった。警察学校を卒業して、所轄に配属された男性の新米警察官は、たいがい署の最上階にある独身寮に住むことになる。四人から八人くらいの警察官が、雑魚寝《ざこね》状態で共同生活を送るのだ。畳はカビ臭く、時には虫やネズミも出るという噂《うわさ》の古びた寮で、おまけに寮の中では年功序列が行き届いている。つまり、先輩の言葉に後輩は逆らえない。上月が入寮した時も、牢名主みたいなヌシがひとりいた。四十過ぎて独身で、ただもう若い警察官を手足のようにこき使うのが楽しみというその男に、ずいぶん嫌な思いもさせられたものだ。

城とは、独身寮時代に相部屋だった。年齢もひとつ違い。いちおう先輩なのだが気さくな男で、いつの間にか仲のいい友達のようにタメ口になっていた。二年も一緒に過ごしただろうか。独身寮の居心地がよくないので、若い独身警察官はさっさと相手を探して結婚に走る。城もその例に漏れず、警察官になって三年めに、美容師の女性と知り合って結婚し、官舎に越して行った。

問題はその後だ。

凜子《りんこ》さんという城の奥さんは、結婚披露宴で初めて紹介されて上月が仰天したくらい、完璧な美貌とプロポーションの持ち主だった。こんな女性がどうしてぼさぼさ頭の冴えない警察官と結婚する気になったのかと、月島署の同僚たちが騒然となったほどの美女だった。モデルか女優だと言われてもおかしくなかった。

当然、周囲の男も彼女を放っておかなかったようだ。警察官と結婚したのは、ある意味自分の防波堤になってくれると期待したからなのかもしれない。今になって上月がふとそう考えるくらい、勤務先の美容室のオーナーから、同僚の美容師、美容室に来て凜子さんを指名する客、さらには時々友達と行くレストランのオーナーシェフにいたるまで、隙あらば彼女に近づきたいと狙っていたようだ。

凜子さんが唯一恐れていたのは、自分の完璧な容貌が崩れることだった。二十代前半の頃から既に、アンチエイジングに強い興味があったようだ。プロポーションが崩れることを恐れるあまり、彼女はなかなか子どもを作ろうとしなかった。

このあたりのことは、何もかも終わった後に、城から聞いた話だ。

結婚五年目にようやく妊娠して、身体の線が変わったり、体重が増えたりしていくと、彼女はどんどん不機嫌になった。仕事が忙しく、自宅に帰って満足に慰めてやれない城にも当たり散らし、子どもが生まれたと思うとすぐ——出て行ってしまった。

つまり、城正臣は美人妻に捨てられた警察官——ということになっている。

「朝子、発泡酒ないんだけど」
喉が渇いて冷蔵庫の中を覗くと、ワインはあったがビールどころか発泡酒もなかった。もっとも、上月家の冷蔵庫に純正のビールが入っていることなんて、月に一度あるかないかだ。
「ごめん、ワインがあるからいいかと思ってた。買ってこようか」
生まれついての下戸《げこ》である朝子に、風呂上がりにはワインじゃなくてビールがいいなど
と、一生懸命説明してみても始まらない。
「いいよ。つまみも欲しいから、僕が行ってくる」
財布だけポケットに突っ込んで、サンダル履きで外に出る。半蔵門駅のほうに行けばコ
ンビニがあるので、そこで買えるだろう。今夜は『ハニータイム』を挙げた祝杯をひとり
であげてもいい。
官舎の階段を駆け降りると、道の向こうに、両手をズボンのポケットに入れて象のよう
にのっそり歩いている城の後ろ姿を見つけた。自分と同じようにコンビニに向かっている
らしいと見て、駆け足で近付いていく。
「城さん！　今夜は遅くなったけど、ホノカちゃんは大丈夫でしたか」
んん、と唸《うな》った城は、こちらを見て小さくあくびを嚙み殺した。

「おう。延長保育は十一時まで預かってもらえるからな。なんとか間に合ったよ。この時間になりゃもう、ぐっすりだ。あのくらいの子どもは簡単なもんだな」

城は警察官としては変わり種だ。嫁さんに逃げられた後、まだ乳離れもしていない赤ちゃんを抱えて呆然《ぼうぜん》としたのもつかの間、職種を転換する決心をした。

交番勤務や犯人を追いかける刑事の仕事ではなく、内勤の仕事を目指すことにしたのだ。それも、普通の事務職ではない。——通訳捜査官。月島署の独身寮に同居していた時には、彼が中国語の勉強をしているところなど見たことがなかったから、凜子さんと結婚した後に始めたのかもしれない。ともかく、猛勉強で中国語会話をマスターして試験に合格した城は、通訳センターの日勤職員として勤務するようになった。

通訳センターには、毎日制勤務と交替制勤務の二種類の勤務制度がある。毎日制勤務を選べば、午前八時半から午後五時十五分までの日勤になるのだ。赤ん坊を抱えて、夜勤が不可能な城ならではの選択だった。

「城さん。朝子が言ってるんだけど、もし城さんさえ良かったら、ホノカちゃんの送り迎え、うちのにやらせようか」

さっきは自分で朝子をたしなめたくせに、そんな言葉がふと口をついて出てしまったのは、営業終了した菓子屋の照明にぼんやり照らされた城の横顔が、くたびれて見えたからだ。刑事の仕事も激務だが、通訳捜査官の仕事をしながら、三歳の子どもをひとりで育てる苦労はそれ以上かもしれない。

城がにやりと歯を剝いて笑った。こんな表情をすると、疲れてはいてもやっぱり狼か虎を連想してしまう。

「いやあ、遠慮しとくよ。そんなことになったら、うっかり遅くまで仕事をしてしまうかもしれないだろ。一回それやると、城のやつはやる気を出したのかって思われちまう」

——城らしい。

つまり彼は、出世の意欲を捨てたのだ。昇格試験も受けたくない。これからは、ただひたすら子どもの世話を生活の中心に置きたい。そのためには、日勤の仕事に異動して、残業もしない。

そう上司に宣言したという城の選択は、実は——既婚の女性警察官たちにおおいに受けがいい。うちの旦那もこんな男であってくれたらというわけだ。本人は気づいていないようなので、わざわざ教えてやるつもりはないのだが。

「城さん、今のうちに再婚すりゃいいんだ」

コンビニのレジにビールとチーズ鱈を突き出しながら言うセリフじゃない。そう思いながら、上月は上背のある城の顔を見上げた。思いきり苦笑してやがる。

「おいおい。三歳児を連れて、いまさらナンパもないだろう」

「馬鹿だなあ。三歳児がいる今だからこそ、チャンスなんだよ。あの可愛いホノカちゃんを連れて公園にでも行ってみなよ。まったく警戒心を抱いてない女の子が、ほいほい釣れるから」

そうかあ、と苦笑いしている城の頬《ほお》が、照れて赤くなっている。犯罪者相手に啖呵を切っている時とは別人のようだ。こういううぶなところに、凜子さんは惹《ひ》かれたのかもしれない。

城は通訳センターに異動した後、昇格試験などの受験をいっさい拒否してしまったので、いまだに巡査部長だ。かたや上月のほうは、三十歳になった時に試験を受けて、警部補に昇進した。

それでも、いつもタメロ。

後輩だった自分はともかく、城はたいていの上司ともこの調子だ。出世の欲が消えた男は、とことん強い。

城がレジ台に置いたのは、牛乳パックと発泡酒とサンドイッチだった。サンドイッチはおそらく明日の朝食用だ。これから帰って、城はちびちび発泡酒を舐めて、眠りにつくのだろう。上月は、なんとなくレジ台の上から目をそらした。

2

「この家ですか」

善田が地図と手帳を見較べながら、古びた一戸建てを見上げる。

亀戸の駅から徒歩三分。マンションや雑居ビル、オフィスビルなどの間にぽつりと、いかにもそこだけ世間から忘れ去られたかのような一軒家が取り残されている。白い壁は灰色に薄汚れ、二十年以上は使用されていそうなエアコンの室外機が、窓の下に設置されている。何もかもが錆びついた印象だ。

昨日馮青の所持品をチェックして、彼女のハンドバッグがブランド品を模造したものだと気がついた。素材も縫製も粗悪な品物だった。持ち手が傷みはじめている。馮青を追及すると、路上で買ったとか客にもらったとか、適当に答えて逃げようとする様子がありありと窺われた。

城が目を細めて鋭い調子で何かを言うと、彼女の態度が豹変した。目を吊り上げてヒステリックに城を罵《ののし》り、それでも城がびくともしないと知ると、大声を放って泣き始めた。

(——城さん、あんたまた何を言った)

城を通訳に呼ぶのも考えものだ。パイプ椅子にだらしなく尻をずらして腰掛けたまま、城が頭をがりがり掻いた。

（日本は偽ブランド品を厳しく取り締まってる。このまえ、日本人が中国に違法薬物を持ち込んで、死刑になったのを知ってるか。偽ブランド品なんか持ってると、おまえも死刑になるぞって言ったんだ）

（どうしてそんなでたらめを）

上月が憮然とするのを、馮青は見逃さない。

（この通訳のひと、ひどいよ！　言うこと嘘《うそ》ぱかりね！　わたしもう、ちゃんとほんとのこと話したよ。これ劉《リユウ》さんから買ったね）

なんだこいつ、ちゃんと日本語話せるじゃないか。おまけに、どうせこれまで本当のことなど何ひとつ話していないくせに、どうやら上月と城の関係に亀裂を入れようとしているらしい。これが並みの通訳と刑事なら、信頼関係にひびが入って当然のところだ。

日本人の犯罪者を相手にするのと、ずいぶん勝手が違う。理屈が通ると思ってはいけない。とにかく、彼らはその場をしのいで逃げ切ればいいと思っているのだ。泣く、喚《わめ》く、嘘をつく。むちゃくちゃだ。なりふりなんかかまわない。何をしてでも、どんなに自分の供述の筋道が通っていなくてもかまわない。とにかく、自分の目的を達成することさえできればそれでいい。彼らにとって、取調室は一種の演劇の舞台のようなものだ。

上月は涼しくほほ笑み、馮青に尋ねた。

(で、劉さんってのは何者だ?)

城はいま、ぶらぶらと問題の一戸建ての周囲を観察してまわっている。

馮青によれば、仲間うちで劉と呼ばれる三十代の男がいて、中国で生産した偽ブランド品を大量に密輸入し、日本国内でインターネットなどを通じて販売しているというのだ。これは、『ハニータイム』の摘発に、思わぬおまけがついてくるかもしれない。

「人の気配がしないな」

善田が眉をひそめた。雨戸は全部閉まっている。雨戸のない窓にはカーテンが引かれている。劉はこの家を偽ブランド品密売の拠点にしていたと、馮青は証言している。

「あの女、また嘘ついたんじゃないのか」

上月が毒づくと、城がこちらを横目で見た。

「あれは嘘じゃないだろう」

「どうして嘘じゃないって言えるんだい、城さん。中国人の結束は固いぜ」

ともに不法滞在して荒稼ぎを狙う仲間だからか、彼らは同胞意識がことのほか強い。同胞の犯罪者については、なかなか口を割らないのが普通だ。

「彼女、劉にふられたんだとよ」

上月は善田と顔を見合わせた。

「しばらく自分のアパートで同棲していたんだ。新しい女ができて、ふられたんだよ。劉はそっちに行っちまった。新しい女は日本人なんだ。いまだにそれを恨んでるから、やつを俺たちに売ったんだよ。——あれえ、俺通訳しなかったっけか」

城が首をかしげている。どうせ、手間を惜しんで通訳しなかったのに違いない。しらじらしい芝居をする奴め。

劉が拠点にしていたという一戸建ては、裏を雑居ビル、両隣をマンションに挟まれている。誰かが中にひそんでいるとしても、裏から逃げられる心配はない。そう見てとって、上月はインターホンに向かった。

押しても鳴る気配がない。壊れているのか。

城がうろうろしているなと思えば、どこからか二十歳前後の女性を引っ張ってきた。近所にあるコンビニの制服だった。

「昨日、引っ越していく軽トラを見たってさ」

さりげなく言う城に、思わず目を剝いた。そう言えば、城は月島署時代の成績も優秀で、将来は刑事になりたいと志望を語っていた。

「見たんですか、そのトラック」

できるだけ何気ない表情を装い、手帳を取り出す。彼女は長い髪をふたつに分けてゴムでまとめた頭で、しきりに頷いた。色白のぽっちゃりした体型で、目は好奇心で輝いている。警察官に事情を聞かれるなんて、初めての体験なのだろう。

「見ました。棚の在庫を並べていたら、窓の外を走っていくのが見えて」

名札には「矢野」とフェルトペンで書かれている。稚拙《ちせつ》な文字だ。

「この家に住んでいた人、見たことありますか？」

「ありますよ。よくお弁当を買いに来てくれましたから。男の人と、女の人。男の人は日本人じゃないです。言葉がちょっとね」

「名前とかわかります？」

「いえ――でも、男の人は昨日の昼も買い物に来ました。お弁当をふたつ買って、その何時間か後に軽トラックが来て、大きな荷物を載せて行っちゃったんです。お布団とか荷台に載ってたから、引っ越しだと思って」

「乗ってる人の顔は見ました？」

「いいえ。そこまでは見えませんでした」

『ハニータイム』が摘発されたのは一昨日の夜だ。新聞には昨日の夕刊に小さく掲載されただけだったが、劉がその前に同胞のネットワークを通じて事件を知った可能性はある。馮青も逮捕されたと聞いて、自分に火の粉がふりかかる前に逃げたのかもしれない。

「ガサの令状取りますよ」

矢野に礼を言って、善田がさっそく携帯電話を開いている。今日は劉のアジトを観察するだけのつもりだったが、どうやらひと足先に逃げられてしまったようだ。

しかし、昨日もコンビニに立ち寄って買い物をしたのなら、店内の防犯カメラに撮影されているはずだ。至急、そちらも確認して、劉を参考人として手配しなければいけない。

引っ越しに使ったという軽トラは、この近辺の道路に設置された防犯カメラに写っていないだろうか。レンタカーを借りたとは思えない。運転免許は持っているのだろうか。大切な商品を積んで逃げたはずだ。免許も持たずに公道を走り、捕まるリスクは冒したくないだろう。劉が持っていないのなら、仲間が持っているのか。軽トラのナンバーが割れれば、持ち主から劉の行方をたどることはできるだろうか——。

「城さん！」

気づくと、城が白い手袋をはめて門扉の掛け金をはずし、敷地に入りこんでいる。

勝手な真似をしないでくれと声をかけようとすると、逆にせわしなく手招きされた。

「上月！　見てみろ」

台所の窓から、暗い室内を覗きこんでいる。窓にはロールカーテンがかかっているが、白いレースなので目を凝《こ》らすと向こう側がかすかに透けて見えるのだ。

室内は暗く、ぼんやりとした輪郭が見える程度だ。その暗がりに、細長い荷物のようなものが、鴨居からぶら下がって揺れているのが見えた。

「——首、つってやがる」

身体つきが華奢《きやしや》で小柄だ。髪は短いしパンツを穿いているようだが、おそらく女だ。首の骨がはずれて、首長竜みたいにだらりと伸びているせいで、人間の身体じゃないようにも見えた。

「善田さん、近くの交番に行って、何人か呼んできてください」

上月は救急車を呼ぶために携帯を耳に当てた。どう見ても死んでいる。救急車を呼んだところで、救命処置を施す余地があるとは思えない。しかし、ものごとには順序がある。

「おかげで、のんびり令状を待たなくて良くなったじゃないか」

城がむっつりとこぼし、顎を掻いた。

そうだ。城が言うとおり、令状を待つ必要はなくなった。首をつっている女を発見し、救命のため現場に踏み込むのだから。善田が近隣の交番に向かって駆けだしていく。

遺体があるおかげで、目的の家をすぐさま捜査できる。そのことを、城に指摘されるまでもなく自分も無自覚に喜んでいた。

刑事というのは、因果な商売だ。

検視の結果、遺体の女は自殺と判定された。

内田杏美《うちだあみ》、二十六歳。

上月が呼んだ救急隊員が、交番勤務の警察官とともに屋内に踏み込んだ時には、まだ死後硬直の状態だった。死亡推定時刻は前日の昼ごろ。劉と思しき男性がコンビニで弁当を購入したのが、防犯カメラの映像から正午すぎと判明した。劉は弁当をふたつ購入したそうだから、外出先から女の分も弁当を買って戻ったら、首をつって死んでいた——というところだろうか。

コンビニアルバイトの矢野が、引っ越しに使われた軽トラを目撃したのは、午後四時頃だ。付近のマンションに設置された防犯カメラに、ナンバーが映っていた。登録されている所有者は近くにある従業員五名の建設会社で、同じ日に盗難届が警察署に提出されている。社長が会社の駐車場に停めて、ほんのちょっと目を離した隙に盗まれたそうだ。この社長は、仕事の途中でときどき会社に戻ることがあり、面倒くさがってキーを抜かずに車のそばを離れることがよくあるという。劉は社長のその癖を知っていたのかもしれない。

軽トラはまだ発見されていないが、見つかるのも時間の問題だろう。

「自殺で良かったですね」

仏像のように丸く穏やかな顔をした善田が、亀戸のアジトから押収した証拠品をチェックしながら、何気なくひどいことを言う。

「まあね」

平然と答える自分も似たようなものだ。

「これが他殺なら、今ごろ帳場が立ってます」

殺人事件となれば、事件は上月たち保安課から取り上げられる。そして捜査一課主導で進められる捜査の、おこぼれにあずかるだけになったかもしれない。

――どうして二十六やそこらの若さで、自殺なんか。

個人的にはそう痛ましく思う。

たとえ自殺だったとしても、見捨てて逃げ出した劉という男は、やっぱり許せない。女が自殺したと知って、奴は泡を食っただろう。家の中は偽ブランド品であふれかえっていたはずだ。救急車や警察を呼べば、怪しまれることは間違いない。劉自身が密入国者なら、とにかく関わりあいになりたくないと真っ先に考えたことだろう。

それにしても、薄情じゃないか。

写真で見るかぎり、死んだ杏美はまずまずきれいな女だったようだ。都内の高校を出て、メイクの専門学校に入学した。勉強しながら、デパートの化粧品売り場で美容部員としてアルバイトをしていたらしい。卒業して化粧品会社の正社員になった後は、実家を出てひとり暮らし。劉という中国人とつきあっていることは、会社の同僚たちも知らなかった。

亀戸の一戸建ては、杏美の名義で賃貸契約が結ばれていた。杏美が住んでいた部屋は別にあり、亀戸の家は劉に頼まれて名義を貸したのだろうと上月は見ている。

「ちゃちな縫製だなあ。生地も悪いし、よくこんなもんに金払う気になるもんだ」

善田が押収品の財布を点検しながら、眉間に皺を寄せてぶつぶつ呟いている。

盗んだ軽トラには商品をすべて載せきれなかったのか、家の押し入れには、偽ブランド品の財布やポーチなどが段ボールにふた箱分残されていた。

「長財布が四十、ポーチが大小合わせて二十個あります。これだけ諦めても惜しくないくらい、他の商品を満載して逃げたってことですかね」

「また取りに来るつもりだったとか」

思いつきで口に出してみる。

「それはないでしょう。女の遺体がぶら下がってる。一刻も早くあの家から離れたかったはずですよ」

劉、と呼ばれる男のフルネームはいまだに不明だ。一時期同棲していた馮青も、彼について詳しいことは知らない。女には劉哥《グオ》と呼ばせていたらしい。捜査班が手に入れたのは、コンビニの防犯カメラに撮影された劉の写真と、押収した商品くらいのものだ。

「──劉哥か」

写真は引き伸ばしてホワイトボードに貼り付けてある。これが劉なら、どう見ても二枚目とは呼びがたい男だ。髪の毛は短く刈っているが、髪の質がやわらかいのか、なぜかふわふわして見える。洒落っ気のかけらもない着古した白いTシャツに、色の褪《あ》せたジーンズ。いや、今はひょっとするとこういう何気ない服装がお洒落の部類に入ったりするのだろうか。

「目を閉じたフクロウみたいな顔だな」

針のようにとがった細い目をしている。上月の評価を聞いて、善田が噴き出した。

「フクロウはひどいな。たしかに、眠そうですけど」

「昔、小学生の頃に使ってた金属のハサミをさ、まっすぐになるまで開いたら、こんな感じじゃなかったかな──。どうしてこんな男がモテるんだろう」

上月はホワイトボードの前で首をかしげた。なぜか突然ハサミを連想したのは、城を思い出したからかもしれない。城と上月は、ふたり合わせて一挺のハサミのようだと朝子が言うのだ。

（片方の刃だけじゃ切れないけど、二枚合わせると切れるじゃないの。あなたと城さんって、なんだかそんなところがある）

へえ、とその時は聞き流した。あなたひとりでは切れないと、女房にはっきり言われる男というのも、ちょっと情けない。女房ってやつは、ときどきしたり顔でそんなことを言いやがる。ちぇ、と軽く舌打ちしたくなるが、面と向かうと、太刀打ちできない気分になる。理屈抜きの感性でものを言う、自分とは違うタイプの生き物だからだろうか。それなら理屈でやりこめようとこっちが頑張ると、腕ずくで女を手籠めにする悪漢みたいに鼻先であしらわれるのだ。あなたは子どもね、と朝子にいなされるのが面白くない。

城は、今日は別口の要請で呼ばれたらしい。通訳センターは都内全域からの要請にこたえなければいけない。なかには新宿署のように、通訳センターの分室を常時置いてある所轄も存在するが、一般的には外国人がらみの事件が発生するたびに、関係者の母国語に合わせて出動要請がかかる。

半数以上は中国語の通訳を呼ぶ。イラン人、フィリピン人、ブラジル人などによる薬物犯罪も増加しているし、ナイジェリア人の組織犯罪なども発生しているが、やはりもっとも数が多いのは中国人による犯罪だ。もちろん上月は、国内の中国人をすべて犯罪者呼ばわりするつもりなどない。分母が大きくなったので、妙な連中も紛れ込んできたのだ。昔は蛇頭の指揮する船に隠れて密航してきたが、今は中国政府が渡航を許可する対象範囲を拡大したこともあって、正式な入国手続きにのっとって入国してくる。ただし、身分を偽装していることも多い。

通訳センターへの異動を希望した際に、城が中国語の通訳を目指したのは正解だった。

「島丘があっさり容疑を認めたので『ハニータイム』の件は早々に片付きそうですが、意外な案件につながりましたね」

押収物件のリストを作成し終えた善田が、誤りがないか再度点検して頷いた。劉を追えば、中国人の密売組織を一網打尽にできるかもしれない。まだ月初めだというのに、幸先が良い。

「はやく軽トラが出てくればいいですね。――もう一度、馮青を締めてみましょうか」

都内の所轄署に、軽トラのナンバーを送って該当する車があれば連絡するように依頼してある。不審車輛をピックアップするNシステムにも登録済だから、軽トラが幹線道路を通行すれば、ナンバーを読みとって自動的にこちらに連絡が入るだろう。

あとは、死んだ内田杏美の周辺をもう少し詳しく調べる。亀戸のアジトは、鑑識が指紋や毛髪など微小な遺留物を調査しているので、劉に前科があれば正体が判明するかもしれない。

携帯がポケットの中で震えた。城からだ。

「はい、上月」

『俺だ、城だ。いまから誰か池袋に寄こせるか』

携帯から聞こえてくる音がずいぶんにぎやかだった。パチンコ屋の近くか、街頭スピーカーで宣伝を流している店舗の近くにいるようだ。城のやつ、池袋で発生した窃盗事件に関係して呼ばれているとは聞いていたが、いったい何をやっているのだろう。

「池袋？」

『おまえでもいい。劉の引っ越し先がわかるかもしれん』

「なんだって」

『荷物のありかがわかったんだよ。池袋駅の東口を出たら電話しろ。通訳センターに、俺を指名して協力要請を申請するのを忘れるなよ』

それだけ口早に告げると、通話は切れた。


「カネ貸してくれ」

携帯電話で誘導されて、中国系の雑貨屋の前を通り過ぎ、路地に折れたところで城が手持ち無沙汰にたたずんでいた。まだ日は完全に沈んでいないが、商店の看板は、ぽつぽつと灯り始めている。このあたりは近年、中国系の住民が増えている。それを見込んで、中国人客を対象にした店舗も増加している。

「はあ?」

「五千でいい」

城が何を見つけたのかはっきりせず、無駄足を踏むかもしれないと考えて上月は、ひとりで池袋に来た。しぶしぶ財布を取り出して現金を渡す。すぐそばに銀行の裏口があって、現金輸送車が停まっていた。なんだと思ったのか、警備員がこちらに厳しい視線を投げかけている。

「どういうことだ」

カネをポケットに突っ込んだ城が、そそくさと背中を丸めて歩きだす。きょろきょろと何かを探すようなしぐさをしたかと思うと、突然走りだした。どう見てもうさんくさい。くだんの警備員が、無線機を口もとに当ててこちらを睨んでいる。城のせいでこっちまで怪しまれているようだ。

あとを追って角を曲がると、薄汚れた上着を羽織った中年男とやり合っているところだった。無精ひげに覆われた口を男が開くと、こげ茶色に染まり、ところどころ抜けた歯が現れた。口論しながら、城がカネを男のポケットにそ知らぬ顔で落とし込むのがちらっと見えた。

「知らねえよ」

とうそぶきながら、男が城の手を払い、ぷいとそびらを向けて立ち去ると、城が頭を掻きながら戻ってきた。

「悪い、悪い。俺、今日カネ持ってなかったんだ。後で返すわ」

「城さん、今のは」

「聞くなよ、野暮だね」

まだ睨んでいる警備員の前の路地を駆け抜ける。とことん図太いのか、城は平気そうだ。このあたりは中華料理屋や居酒屋も多い。駅に向かって足早に歩きながら、城がラーメンの看板に物欲しそうな視線を寄せた。そろそろ小腹の空く時間だ。

「池袋署に頼まれた通訳仕事が終わったんで、せっかくだから劉を知ってるやつがいないかと思ってな。心当たりを当たってみたんだよ」

「城さん、カネで？」

さっきの男は城の『S』――つまり捜査協力者だ。Sというとまるでスパイの略称のようだが、街で起きるささやかな異変を警察に知らせたり、ちょっとした情報を仕入れたりしてくれる協力者のことを、Sと呼んでいるだけだ。

中国人は同胞意識が強い。その中に食い込んで情報を手に入れるのは、並大抵のことではない。刑事たちはみな、あの手この手で自分のSを手に入れる。しかし、いくらなんでも現金の授受はまずい。そんなことをやっていたら、薄給の警察官ではいつまでも続かない。消費者金融に手を出したりして、ろくなことにならないのは目に見えている。

「だから聞くなよ。こっちだ」

手のひらの中の紙をちらりと見て、城はどんどん進んでいく。池袋駅に向かうわけではなく、高架をくぐるとそのまま歩き続ける。

「劉が不法滞在しているのなら、普通の賃貸アパートなんかにはそう簡単に潜り込めない。同居の女が首をくくって、慌てて逃げ出したような場合には、特にな。その日のうちに用意できるねぐらがあるとすれば、同胞の住みかだろう。そう考えた」

「劉は荷物が多いよ」

軽トラ一台分の荷物を持って行った、というコンビニ店員の証言を頭に浮かべる。

「そうだ。それなりの広さも必要だ。ルームシェアなんかじゃお手上げだな」

上月は城に遅れないよう歩きながら、ため息をついた。

「城さん、手伝ってくれるのはありがたい。だけど、あんまり勝手なことをすると、あんたの立場が危なくなる」

警察ははみ出し者を嫌う組織だ。役割分担がきっちりしていて、職掌《しょくしょう》の外に手を伸ばす者を嫌う。いくら昔は将来を嘱望《しょくぼう》された若手警察官で、いずれは刑事にと自他ともに認めるやり手だったとしても、城は、今はただの通訳捜査官なのだ。

「俺の立場が？」

城がにたりと頬をゆるめる。無頼を気どるのもいいかげんにしろと言いたいが、生来の性質なのだから言ってもしかたがない。

「心配いらんよ」

「下手に動くと睨まれる。城さん、居づらくなるよ」

「あのな、上月。俺みたいなのを警察から追い出してみろ。たいへんなことになる」

「なに――」

一瞬、城が何を伝えようとしているのか理解できなかった。

城は達者な広東語を喋る。外見も中国人に間違われやすく、中国人とすぐに馴染んでしまうという特技を持つ。度胸があって、警察の裏表にも捜査手法にも詳しいし、中国人の犯罪にも詳しい。おまけに――頭の回転が速い。上月は思わず顔をしかめた。

「城さん、あんた」

「わかったか。俺みたいなのを追い出して、飯が食えない状況に追い詰めてみろ。あっという間に向こう側に行くぜ。正直、何度も連中にスカウトされてるしな。それを恐れているから、上の連中も多少のことではとやかく言わないんだよ。法律に触れることでもやらない限りな」

もし警察をクビになり、三歳の娘を抱えて路頭に迷うようなことになったら、城なら何でもやるだろう。ふと、ホノカを抱えて歩く城の背中が目に浮かぶ。嫁さんに逃げられた後、職場での良好な人間関係や出世をかえりみず、ひとりで守ってきた愛娘だ。

スカウトされているとはいったい何事か。聞き捨てならない。

「あんた――」

警察を辞めた後、闇の世界に引きずりこまれる警察官もけっして少なくはない。城みたいな男がそうなったら、さぞかし仕事がやりにくくなるだろう。

諸刃の剣、という言葉を思い出す。警察にとって、城はそういう存在なのかもしれない。

「しっ。あれだ」

城が、たこ焼き屋の角を曲がりかけて足を止めた。一階でパチンコ屋、二階で漫画喫茶が営業する雑居ビルを見上げている。五階建てなのに、三階以上には看板らしいものが見えなかった。普通なら、居酒屋などの看板がぎらぎら輝いていてもおかしくない。

「あのビルに、一昨日軽トラが段ボール箱をいくつも運びこんだのを見た連中がいる。劉本人は、いつまでもあの場所にとどまっちゃいないだろうけどな。上月、誰か呼んで張らせろ。それに、ビルの所有者や借主を調べてみろよ。面白いことが出てくるかもしれんぞ」

それ以上、教えるつもりはないらしい。上月はため息をつき、携帯電話を開いた。

3

その日の夜、軽トラが見つかったと中野の警察署から連絡があった。コンビニの駐車場に停めてあったそうだ。二十四時間営業なので、深夜に駐車していても違和感はない。上月が出した保安課からの通達を見て、ずっと停まっている軽トラのナンバーを確認したパトロール警察官のお手柄だった。

「死体が出てこなくて良かったですね」

優しげな顔をして、善田がろくでもないことをいう。

「代わりに指紋が出ましたよ、ほら」

上月は鑑識から送られてきたキャビネ判のプリントを見せた。

亀戸の家と軽トラから、同じ指紋が出ている。亀戸の家からは、内田杏美の指紋も出た。ふたりがあの家で会っていたのなら当然だ。残念ながらその指紋は、警視庁の指紋データベースには残されていない。それが劉の指紋なら、やつは前科を持たないらしい。外国人が正式に入国する際には指紋を採取される。そちらにも該当しないということは──考えられるのはふたつだ。

劉は正式なルートを通らず密入国した。あるいは、劉は日本で生まれた。そのどちらかだ。劉と名乗っているが、中国系の日本人だという可能性もある。馮青は劉が流暢な広東語を喋っていたと証言しているが、だから中国人だと決めつけることもできない。──城みたいなやつもいる。

「今夜の張り番は、西川《にしかわ》と堀田《ほった》ですね。帰るついでに夜食でも差し入れておきますよ」

善田が帰り支度を始めている。雑居ビルの監視を、今夜から始めたのだ。城は、池袋界隈に住む中国人から、軽トラが一昨日そのビルに荷物を運びこむのを目撃したという話を「たまたま」聞いた、と報告した。

近くのビルに不動産屋の事務所が入居していて、そこの所長が協力してくれた。三階にある事務所の所長室は雑居ビルへの出入りを監視するのに好都合で、刑事がふたり泊まりこむのを許可してくれたのだ。過去に賃貸不動産がらみのトラブルがあって、池袋署の捜査員に助けられたらしい。

上月も、今夜は早めに帰宅することにした。『ハニータイム』の島丘豪は既に検察に送致し、案件は上月たちの手を離れている。店で働いていた従業員の女性たちは、八名のうち六名がビザの期限が切れていた。馮青を含めて強制送還の手続きをとり、入管に引き渡してこちらも手を離れた。これで劉に集中できる。

桜田門から官舎のある麴町まで、地下鉄有楽町線に乗れば数分だが、上月は運動のため歩いて帰ることが多い。距離は知れているし、お濠端を走るランナーとすれ違いながら麴町までの一キロあまり、皇居の緑や四季折々の花々が目を休ませてくれる。

早足で歩きながら、上月は城がもし通訳捜査官でなければと考えていた。保安課に呼びたいくらいだ。城がどれだけ事件の解決に貢献したとしても、彼はあくまでも通訳として扱われる。手柄は彼の力を借りた刑事たちのものだ。

城がもし通訳センターに勤務する道を選ばず、今でも刑事を目指していたなら。

いや、彼が通訳としての仕事を選んだのは、ホノカの育児と仕事を両立させるためだ。やっぱり彼は、面倒見のいい女性ともう一度結婚するべきじゃないのか。育児を誰かに任せて、現場の仕事に復帰するべきじゃないのか。

——所詮は他人ごと、城が決めることだ。

彼の生活に嘴《くちばし》をはさむのはおせっかいだ。そう思うのに、城の現状を考えると胸の奥深くに白く靄が立ち込める気分になるのは、ああいう男が力いっぱい仕事をできないというのは、どんな気分だろうかとつい推測してしまうからかもしれない。自分が似たような状況に置かれたら、どんな気分になるのだろうかと思うと。

官舎の階段を踏みしめながら考えにふけっていると、甲高い幼女の声に邪魔された。

「となりのおじちゃん！」

踊り場から暗い三階の廊下を透かし見ると、ホノカだった。鍵を閉めようとしている城のズボンを小さい手で握りしめ、もう片方の手をこっちに向けて振っている。午後九時半、いつもならとっくに寝かしつけている時刻だ。これからどこかに出かけるのだろうか。

「どうした、ホノカちゃん」

幼女は丸いほっぺたで、にまにまと笑っている。

ホノカは、父親に全然似ていなくて可愛らしい。ふわふわの茶色い髪をおかっぱにして、色白な肌には日焼けのあとも、ほくろのひとつも見えない。凜子さんも肌の色が透けるように白い人だった。もっとフリルやリボンのついた、女の子らしい服を買ってやればいいのにと思うのだが、城が着せてやるのは子ども用のデニムに、男の子みたいなTシャツの類《たぐい》だ。男親は、こういうことに気配りできないのかもしれない。

「ホノカの牛乳を切らしちまった。買いに行こうと思ったら、こいつが起きてしまって」

また牛乳か。城が頭をぐりんと撫でると、ホノカはきゃあと叫んで笑い転げている。

「軽トラ、見つかったらしいな」

官舎に帰れば、仕事の話は一切しない。それが凜子さんと別れる前からの、城の信条だったはずだ。自分が決めた約束事を、あえて破って彼がそう尋ねたことに上月は目を瞬いた。これは、なんの符牒だろうか。なにかにつけて腹を探ろうとするのは、警察官の悪い癖かもしれない。

「中野にあったよ」

「そうか」

官舎の廊下に、ほかの人間の姿はない。階段も静まりかえっている。

「城さん、聞きたいことがある」

「そうだ、カネ返すよ」

城は急に思いだしたように、尻のポケットから財布を抜いた。

「いいよ。あれで助かったし」

「そりゃこっちが困る。領収書が出るカネじゃない」

「それより、スカウトがどうとか言ったじゃないか。妙なのに深入りしてないだろうね」

ホノカが、ぎゅうにゅう、と大きな声で叫んだ。廊下にきんきんと反響して、上月はぎくりとした。思わず子どもの頭に手のひらを載せて、ぽんぽんと軽くたたいて宥《なだ》める。

「心配症だな、ええ?」

「まじめな話だ」

「俺は自由人なんだよ」

城はオオカミのようにうそぶいて、娘の身体をひょいと抱きあげた。

「城さん、本当は力いっぱい仕事したいんだろ。現場で思いきり」

城の手のひらがこっちに伸びてきて、上月は後ずさった。黙れと言いたげな物騒な目つきが、いつになく真剣で、つい口ごもる。

「俺はいつでも力いっぱいだ。馬鹿にすんな」

馬鹿にしていたら、こんなことは口に出すわけがない。そう言いたかったが、上月は顎を引いて黙った。

「——例のビル、所有者を調べたか」

一瞬のためらいを見せた後、城が尋ねる。

「調べたが——それが?」

「シャオミンというやつがもし現れたら」

何か言いかけ、城はホノカを抱いたまま首を振った。

「いや、なんでもない。忘れてくれ。——上月、手を貸せ」

え、と聞き返して反射的に手を出すと、上からぱちんと叩かれた。踵《きびす》を返して階段を降りていく城を見送り、上月は手のひらに載った五千円を呆然と見つめた。


「——おう、お疲れさん。様子はどうだ」

池袋の雑居ビルを、西川と堀田が向かいの不動産屋から監視している。交代で休憩をとり、二十四時間ずっとビルの出入りを追い続けるのだ。

不動産屋が提供してくれた所長室は、六畳ほどの広さの個室だった。大きな執務机と、応接セットがある。応接セットのソファで仮眠をとることもできる。

「どうもこうも。パチンコ屋と漫喫の客は多いんですがね。三階以上に上がったのは、ほんの数人です」

レスラーのような巨漢の西川が、差し入れのおにぎりやペットボトルのお茶をありがたそうに手刀をきって受け取ってから、窓の外に顎をしゃくった。いま、窓際に陣取って監視しているのは堀田だ。

第三熊取ビルと名前のついた雑居ビルは、変則的な構造をしている。一階のパチンコ屋は当然路面に出入り口があるのだが、二階の漫画喫茶も専用の出入り口があり、路面からエスカレーターで上がるのだ。三階から五階までは、ビルの奥に隠れるような非常階段があり、それを使う。エレベーターはない。西川と堀田は、非常階段を使って出入りする人間を監視している。三階以上の窓には、すべてロールカーテンが下りている。中の様子を窺うことはできない。

「劉は現れないか」

「来ませんねえ」

堀田が、どうもと言いながらペットボトルを受け取った。

「あ、ひとり出て来た」

堀田の声に、上月はそっと窓に近づいた。ブラインドを閉め、隙間から観察できるようにしている。堀田は望遠レンズのついたカメラのファインダーを覗きこんでいる。

「学生みたいだな」

白のポロシャツに、すっかり色が褪せたジーンズを穿いて、帆布《はんぷ》の大きなショルダーバッグを肩にひっかけている。生真面目そうな四角い顔立ち。年齢は二十代前半のようだ。特別周囲に注意する様子もなく、平然とビルから出て駅の方角に立ち去った。

「今のが、『角』と呼んでるやつです」

将棋好きの西川は、行確《こうかく》（行動確認）の対象を将棋の駒に例えたがる。角かよ、と上月は呟いた。

「他に現れるのは？」

「これまでに来たのは、『飛車』と『桂馬』」

西川が写真を何枚か、机に並べた。不動産屋の所長が気を使ってくれて、この部屋には誰も入ってこないように指示してくれている。

あとのふたりも若い男性だった。『飛車』は俳優にしたいような、いわゆるイケメンだ。写真から推測するに身長は百七十五センチ前後、すらりとした体型をしている。『桂馬』は対照的に、ずんぐりむっくりした身体つきに、足が絵に描いたようなガニ股だった。この男に『桂馬』と名付けた西川のユーモア感覚に、上月はにやりと笑う。

「『飛車』『角』は昨日、今日と続けて来ています。『飛車』のやつはまだ中にいますよ。『桂馬』は今日は来てませんね」

「三階から五階のフロアに、たった三人か」

何者だろう。『角』が消えた街路を見下ろし、考える。第三熊取ビルの所有者は、山東貿易という法人になっている。社長は楊中原《ヤンヂヨンユエン》。れっきとした中国人で、上海と東京の間を行ったり来たりして商売しているらしい。山東貿易の日本支社は新宿にあり、取引先を装って電話をかけてみると、楊はいま上海にいるとのことだった。会社は年配の女性社員が留守番をしているようだ。劉と山東貿易、あるいは楊中原の間に、なんらかの関係があるのかどうかは、まだわからない。

「上月さん。ほんとに、あのビルに劉のブツは隠されているんでしょうか」

西川が首をひねりながら尋ねる。上月はひやりとして、なぜだと聞き返した。

「だって、例の通訳先生の情報でしょ。このへんにいる中国人に教えられたって言うけど、騙されてるんじゃないんですか」

通訳センターの通訳捜査官たちを、刑事たちは通訳先生と呼びならわしている。上月もそうだが、おおかたの警察官は、英語も中国語も苦手だ。必要に迫られて、片言の中国語やスペイン語、タガログ語などを覚えることはあるが、会話ができるレベルまではなかなかいかない。平気な顔で外国語を操る通訳たちを、不思議なものでも見る思いで眺めている。所詮彼らは通訳で、刑事ではない。敬して遠ざける気分がその言葉の端に見え隠れするような気がする。

「あの『通訳先生』は特別だよ」

とはいえ、かつての城の仕事ぶりを知らない人間に、説明しても腑に落ちないだろう。案の定、上月の言葉に合点がいかぬように西川が不満そうな表情のまま首をかしげた。賢明にも、それ以上の口答えはしない。

「あそこにブツが保管されているのなら、取引のためにいずれ移動させるはずだ」

「今のところ、出入りする連中が商品らしいものを持ち出したことはありません」

劉はアジトから逃げ出したばかりだ。ほとぼりが冷めるのを待っているのかもしれない。

亀戸の家で自殺した内田杏美の件は、ほとんど報道されなかった。二十六歳の美人美容部員が自殺したという趣旨で、一紙が地方版で取り上げただけだ。劉はその記事を読んだだろうか。

「誰か近づきます」

堀田がカメラのファインダーを覗く。

「誰だ」

「『角』か『桂馬』か」

西川が功を焦るように呟いた。

「いや、別のやつだ。子どもかな」

上月もブラインドの隙間から対象を見やった。第三熊取ビルの非常階段に、黒っぽいTシャツとブラックジーンズの男が近づいていく。子どもかな、と堀田が呟いたのも無理はなく、ほっそりと華奢な身体つきでロールアップしたジーンズの裾から骨ばったくるぶしがちらりと見える。十七、八歳だろうか。野球帽を前後逆にかぶった少年は、階段を上がる前に周辺に目をやった。その視線が、近隣のビルの窓を泳ぐように移動したあと、はっきりこちらの窓で止まった。

——笑った。

「『香車』だな」

西川も双眼鏡を覗き、ぼそりと呟く。香車は「槍」とも呼ばれるとおり、ガラは小さいがここぞという場面で飛車をも突き刺す意外な実力者だ。西川の命名は、少年の雰囲気にぴったりだった。少年は非常階段に消えた。三階から五階のどこに行ったのかはわからない。

「こっち見て笑いましたね、あいつ」

堀田が気味悪そうに首を振る。

「俺も上がってくる前に確認したが、外からじゃ監視していることはわからなかった」

あえていうなら、ブラインドが常に閉まっているために、違和感を覚える人間はいるかもしれない。それも、長時間にわたり観察しなければ気づかないだろう。

「ひとりずつ確認するか」

昨日から二日間の張り番で、第三熊取ビルの三階以上に上がる人間が、それほど多くないこともわかってきた。これなら、ひとりずつ尾行して身元を明らかにできそうだ。

「善田さんたちに見張りの交代を頼もう。連中を尾行して、何者だかつきとめるんだ」

「了解」

上月が善田に電話して、交代要員を要請していると、堀田が慌てたように腰を浮かした。

「出てきましたよ、『香車』が」

——ずいぶん早い。

上月はとっさに鞄を摑んだ。

「『香車』は俺が尾行する。どっちに行ったか、携帯にかけて教えてくれ」

このビルもエレベーターがない。狭い階段を駆け降りる。歩きながらせわしなく仕事の電話をしているビジネスマンを装って、携帯電話を耳に当てて路上に飛び出した。

雑踏。肉饅頭の香りとソースの香りが混じり合い漂う。西川が電話をかけてきた。

『駅の方角です。カメラ屋の角を曲がりました。手ぶらです』

来た時と同じだ。

「わかった」

すばしこそうな少年だった。追いつくだろうかと心配になったが、走りだすわけにはいかない。ごく自然に早足になる。西川の言う角を曲がると、カジュアルな服装の青年たちが、店の表で電化製品のラックを覗きこんで品定めしている。そのなかに『香車』の姿はない。通りの向こうに、ほっそりとした背中を見つけた。——いた。『香車』だ。

「発見した。あとは頼む」

『了解』

少年は後ろを気にする様子もない。ひょろりと長い両腕を身体の脇に垂らし、まっすぐ駅に向かっているようだ。適当に距離を置いて、時おり携帯電話で話をするふりをしながら後をつけていく。ほっそりしているので背が高く見えるが、実際には百六十ちょっとしかないだろう。十七、八歳と見たが、実際はもっと若いかもしれない。

池袋駅に向かうのかと思えば、『香車』は駅前の家電量販店に入っていった。身のこなしがしなやかで、滑るように歩く。

上りのエスカレーターに乗る『香車』を見て、迷ったが間を置いて上月も続いた。二階、三階、四階と上がっていく。どこまで行くつもりだろうと思いつつ四階に降り立った時には、さらに上りのエスカレーターに『香車』の姿はなかった。四階のフロアは白物家電のフロアで、こんなところに何の用が、と思いながら探したが、影も形もなかった。

——やられた。

四階に着くとすぐ、裏側に走って下りのエスカレーターを駆け降りる。そんな手口に違いない。尾行に気づかれたのだ。足早に下りのエスカレーターに向かったが、上月が慌ただしく走りまわるわけにはいかなかった。敵はどこかに隠れ潜んで、こちらがボロを出すのを待っているかもしれない。

途中のフロアでも『香車』を探しながら、下りのエスカレーターでゆっくり一階にまで降りた。完全に見失ったと結論が出ると、上月は軽く舌打ちした。

——あんな子どもに、づかれるとは。

尾行や張り込みの対象者に気づかれることを、「づかれる」と呼んでいる。こちらもプロだから、めったなことでは相手に気取らせない自信がある。ましてや、子ども相手に。

ふと、第三熊取ビルに入る前に、不動産屋の窓を見て『香車』が笑ったことを思い出した。ひょっとすると、あの時から——？

背筋が寒くなるような気がして、上月は量販店の前で立ち尽くした。

4

上月は会議室に集合した保安課の捜査員たちを見まわした。

劉の捜査を続けているのは、上月を含めて五名の捜査員だ。善田と、西川、堀田、それに大田原《おおたわら》。西川と大田原はそろって巨漢で、小太りの善田と三人そろうと、狭い会議室が窮屈になる。こちらの四人が会議をしている間、堀田ひとりは例の不動産屋にこもり、監視を続けている。

個室マッサージ『ハニータイム』の内偵から、ずっとこの班で捜査を続けてきた。まさか、『ハニータイム』のおまけのような形で始まった劉の偽ブランド品事件が、ここまで長引くとは考えてもいなかった。

「『飛車』『角』は、ふたりとも留学生です。中国からの交換留学システムを利用して、日本に来ています」

善田が、手帳を見ながら都内にある有名私立大学の名前を挙げた。ふたりとも工学部で情報工学の勉強をしているそうだ。二枚目の『飛車』は周《チヨウ》、四角い顔立ちの『角』は陳《チン》というらしいが、めんどうなのでいつも『飛車』『角』で通している。

「『桂馬』も中国人です。都内の企業に勤務しています。IT関係の会社ですね」

「『飛車』『角』のふたりは、この一週間、木曜日を除いて毎日現れました。時間帯はばらばらですが、朝は十時以降に来て、夜は十時までに帰ります。あのビルでアルバイトでもしているようです。日中、外に出かけていくのは食事です。『桂馬』が現れたのは三回。三回とも、滞在は一時間ほどでした。ほかにあのビルに入ったのは『香車』を含む六名です。この六名が現れたのは、それぞれ一回ずつ。一時間から二時間程度で出てきます」

「『飛車』『角』は従業員、『桂馬』『香車』ほかは客ってとこか」

尾行を試みたのは、『飛車』『角』『桂馬』『香車』の四人だけだった。

尾行に失敗したのは、『香車』に逃げられた上月だけだ。『香車』が姿を現したのはあの日一度きりで、あれから一週間が経った今日まで、あのビルに来ていない。

問題は、劉も姿を見せていないということだ。運び込まれたという荷物も、外に持ち出された形跡がない。

――劉があのビルに荷物を運んだというのは本当だろうか。

堀田や西川たちが、まだその疑問をくすぶらせていることに、上月も気づいている。

「ビルの内部を確認できればいいんだが」

証拠も確信もないのに、いきなり踏み込むわけにはいかない。連中があそこで何をやっているのかわからないが、何らかの犯罪に関わることなら、警察に怪しまれたと気づいた時点で逃げるかもしれない。

一度だけ、上月と善田が第三熊取ビルの三階を訪問したことがある。非常階段を上ると、看板もなければ事務所の名前すら出ていない扉がひとつあった。呼び鈴を鳴らすと、インターホンで『角』が応じた。その日は『角』だけがビルに残っていることを確かめたうえで訪問したのだ。

「警察の者です。お忙しいところ申し訳ありませんが、ちょっとお話をうかがいたいんですが」

『警察?』

警戒心をあらわにしながら『角』がドアを細めに開けた。間近で直接見るのは初めてだ。

「ああどうも、お忙しいのにすみません」

上月はできるかぎりにこやかに笑顔をつくり、警察バッジをちらりと見せた。所属を見られたくなかったので、指で隠しておいた。

「この近くのビルで、空き巣が相次いで発生してましてね。ほかに被害に遭われた方がいないか、周辺のオフィスなどを回ってお話をうかがっているところなんですよ。失礼ですが、こちらには看板などが出ていませんが、会社ですよね」

部屋を見られるかと期待したが、『角』の背後にはパーティションがあって、室内の様子はわからない。劉の荷物を、すぐ見えるような場所に置いておくほどうかつな連中でもないだろう。

「学生が集まって、起業したんです。僕らは空き巣、被害に遭ってないです」

『角』の日本語は流暢で、多少アクセントやイントネーションに外国人らしさが窺われるだけだった。上月は納得したように頷いた。

「そうでしたか。お話をうかがった方のお名前を控えておきたいんですが、会社とあなたのお名前、教えてもらえますか」

「会社は金龍通信です。僕は陳いいます。ここの三階から五階まで、うちの会社です」

『角』はすらすらとよどみなく答える。

「ありがとうございます。どういうお仕事をされる会社なんですか?」

「ITです。コンピュータでプログラム作ってます」

へえ、と感心してみせながら、『桂馬』がIT企業の社員であることを思い出す。上月はコンピュータなどに詳しいわけではないが、『飛車』『角』のふたりがプログラムを作るだけなら、ビル三階分のフロアなんて必要ないはずだ。それに、数が少ないとはいえ、客らしい人間がやってくるのも奇妙だ。

「名刺などいただければ」

「名刺は必要ないので、作ってないです。僕ら、アルバイトみたいなものですから」

慎重に逃げられた。

「皆さんは、中国の方ですか」

「そうです。中国から来た、留学生です」

『角』は素直に頷いた。こんな場合のために、あらかじめ答えを決めているのかもしれない。

　ここで突っ込めば、『角』がぼろを出す可能性はあった。しかし、へたにつつくと警察の目的が本当は彼ら自身にあるのだと気づかせる結果になるかもしれない。

「ご協力ありがとうございました。もし、このあたりで不審な人を見かけたら、警察に連絡してくださいね」

「はい。わかりました」

　上月の言葉に『角』はそ知らぬ顔で頷いた。内心ほくそ笑んでいたかもしれない。不審なのはおまえだと突っ込んでやりたい気分にかられたが、腹の中にしまいこんだ。

「IT企業ったって、ピンからキリまでありますが」

　西川が腕組みしてテーブルに置いたノートを睨む。彼はメモ魔で、捜査の過程で見聞きしたことを丁寧にノートに書き連ねている。

「今のところ、『飛車』『角』たちに何かの容疑がかけられているわけじゃありません。いっそ任意で劉がアジトから移動させたというブツを探してみたらどうでしょうか」

　上月自身も少し迷っていた。自分があのビルを見つけたのなら、すぐさま任意で中を確認したはずだ。

そうしなかったのは、城が調べてみろと言ったからだった。

(ビルの所有者や借主を調べてみろよ。面白いことが出てくるかもしれんぞ)

あいつ、何か知っているのに違いない。理由があって、それをこちらに教えたくないのだ。ひょっとするとそれは、城自身がスカウトされていると漏らした、あの言葉に関係があるのかもしれない。

任意で劉の荷物を探すか。もし荷物が出てくれれば、『飛車』『角』たちから事情を聞くことができる。しかし、劉に頼まれて荷物を置かせてやっただけで、中身について何も知らなかったと突っぱねられれば、それ以上彼らを取り調べることはできない。劉の身柄も押さえられない。

「劉が現れるのを待ちたいな」

上月の言葉に、善田も小さく顎を引いた。

「そうですね。このまま虻蜂《あぶはち》取らずで終わるより、せめて劉だけでも押さえたいですね」

劉を逮捕すれば、『飛車』『角』たちやビルの所有者である山東貿易との関係を問い質すこともできる。

「劉のやつ、現れますかね」

西川が鼻の頭を掻きながら首をかしげた。彼と堀田は監視に倦《う》み始めているのだ。さっさと片付けてしまいたいのが本音だろう。

劉の足をあのビルに向けさせる方法はないだろうか。あれから一週間、通訳を必要とする事件がないので城には会っていない。隣に住んではいるが、わざわざ訪ねていくこともない。

会議を終えると、西川と大田原は不動産屋の監視部屋に戻っていった。大田原は追跡要員だ。上月は小さくため息をついて、自分のデスクに置かれた書類の山を見た。刑事の仕事は書類仕事が多い。山に隠れた電話番号簿を引きずり出し、通訳センターにかけた。

『城さんなら、もう帰られましたよ』

電話に出たのは、口調の丁寧な若い女性だった。通訳要員として採用された専門職だろう。警察官に外国語を覚えさせるより、外国語の得意な人間を採用したほうが手っ取り早い。人数はまだ少ないが、そういう専門職として通訳センターに配属される人間もいる。

「帰った？」

まだ午後二時を過ぎたところだ。

『娘さんが熱を出したそうで、保育園から連絡があったんです。さっき迎えに行きました』

上月の声がよほど不審そうに聞こえたのか、彼女は慌てて城のために弁解するように答えた。性格の良さそうな女性だった。

幼い子どもがいる家を、深夜に訪問するのは気がひける。帰宅する間際に、城の携帯に電話をかけた。

「上月です。起きてると思って」

まだ十一時半だ。これでも早めに職場を出てきたのだ。

『何の用だ。ホノカが起きちまう』

不機嫌そうな声だが、起きていたのは確かだった。

「ちょっと話せないか。僕はいま戻ってきたので」

『──五分後に、廊下で』

──切りやがった。上月は自分の携帯を睨んでため息をついた。

コンビニの袋を提げて階段をゆっくり上っていくと、ちょうど約束した時刻になった。上月が廊下を歩いていく途中で、城の家の玄関が開いた。

「おう」

城はもう黒っぽいスウェットの上下に着替えている。袖に白い汚れがついているのは、ホノカのよだれか食べこぼしだろう。三歳児の世話も楽じゃない。

「熱、出したんだって？」

「なんだ。耳が早いな」

「容態はどうなんだ」

「医者の薬を飲ませたら、熱は下がったよ。子どもだからな。熱ぐらい出すさ」

廊下の手すりに腕をつき、サンダル履きの足をぶらぶらさせている。のんきそうな、心配ごとなど何もなさそうな表情を装っているが、上月は城の横顔にじわりと滲む焦りと苛立ちを読みとった気がした。それともこれは、単に自分自身の感情の投影だろうか。

「例のビル、調べてる」

「何か出たか」

「今のところ動きがない。ビルの出入りを調べてるが、ブツを動かした形跡はない。劉も近づかない」

「ビルのオーナー、調べてみたか」

「山東貿易。社長は楊中原。いま上海に行ってる」

「ふん――」

城がちらりと残念そうな顔をした。

「なんとかしたいけど、劉が寄りつかない。劉をあのビルに呼び出す手はないだろうか」

城に頭を下げて頼むのは癪だ。これは上月たちの班のヤマで、城はただの通訳だ。しかし、外国人犯罪を捜査するうえで、S——情報提供者の存在は大きい。上月にしても、日本人のSは何人か持っている。スパイと言えば人聞きは悪いが、街で起きていること、街に現れた要注意人物など、気づいたことを教えてくれる情報源だ。彼ら、または彼女らは、自分がスパイをしているなどとは夢にも思っていないだろう。日常生活のなかで気づいたことを警察官に教えることで、警察と友好な協力関係を築いている。それだけのことだ。

外国人犯罪となると、まずSを作るところから難しい。中国人のコミュニティに警察官が入りこめば、警戒心で迎えられるのは間違いない。信頼関係を築くなんて、夢のまた夢だ。城は色々な意味で特別だった。

「わかった。そっちは何とかしてみよう」

拍子抜けするほどあっさりと城が頷いた。

「それじゃまたな。ホノカが起きて寂しがるといけないから」

「あ、城さんこれ」

上月はコンビニの袋を差し出した。中には牛乳とビールが入っている。城は戸惑ったように袋を見て、苦笑いした。

「——あるのに。牛乳」

「たまにはいいだろ。ホノカちゃんを置いて出られなくて、困ってるかもしれないと思って」

「それじゃ、ありがたく頂くか。悪いな、気を使わせて」

「城さん、やっぱりホノカちゃんのこと、朝子に手伝わせようか」

幼児が発熱したり急病になったりするのはよくあることだ。そのたびに仕事を投げ出して迎えに飛んでいくのは、城にも周囲にも負担になるだろう。城ひとりで何もかも抱えこむのは無理だ。周囲の手助けが必要だ。

城はこの前のように、頭から否定はしなかった。しばらく迷うように、受け取った袋をごそごそいわせ、それからゆっくり首を横に振った。

「だめだ。よしたほうがいい」

「どうしてだ。朝子も乗り気だったよ」

「おまえたちの好意は嬉しいけどな。それじゃ甘え過ぎだ」

これ、と言って城はビニール袋を持ち上げ、にやりと片頬で笑って家に戻ろうとした。

「城さん、やっぱり」

上月は思わず口にした。

「なんだ」

「やっぱりあんた、再婚しなよ」

「そりゃだめだ」

「どうして」

城が白い歯を剝きだした。

「だって俺、まだ凜子と離婚してねえもん」

——なんだって。

城が扉の向こうに消えても、上月は呆然とその言葉をかみしめていた。


西川から緊急の連絡が入ったのは、二日後の深夜だった。相変わらず、日中は『飛車』『角』がビルに入り、客と思われる若者が三人、出たり入ったりしていた。劉はこのまま現れないんじゃないか。西川たちがいよいよ倦み疲れた様子で、夕方の報告を入れた。

『誰かビルに侵入したようです』

「侵入?」

上月は午前様で帰宅して、風呂と食事をすませベッドに潜り込もうとしているところだった。突然鳴り始めた携帯電話に、朝子がやれやれと言いたげに肩をすくめる。刑事の妻になって二年、深夜の電話にいちいち怯える時期は過ぎた。

『「飛車」「角」たちはもう帰りました。今は無人のはずですが、さっき四階の窓から光が洩れたようで、注目していました。誰かいます。光が洩れて、ちらちら動いてます』

「劉か」

ついに、劉がしびれを切らして現れたのか。そろそろほとぼりが冷めたと考えて、ブツをさばくつもりなのかもしれない。

『堀田も俺も、一階に降りてきました。出てくるやつを待ち伏せます』

西川は声をひそめている。不動産屋が入居している雑居ビルの出入り口から、向かいのビルを見上げるふたりの様子が目に浮かんだ。

「応援は必要か。劉なら逃がすな」

『いま誰か、窓からこっちを覗いたようです。気づいてやがるのかもしれない』

劉が警察の張り込みに気づいたのなら、ブツを動かさずに逃げるかもしれない。自分が着替えてタクシーで駆けつけても、二、三十分はかかるだろう。誰が一番早く応援に駆けつけることができるか——考えていると、西川が『あれ』と呟いた。

「どうした」

『パトカーがこっちに来ます。変だな』

電話の向こうから、『ちょっとすいません』というもの柔らかな声が聞こえた。パトロール中の警察官が、念のため職務質問する時のような猫撫で声だ。

『いったん切ります。すぐかけ直します』

何があったというのか。上月はさっき脱ぎ捨てたばかりのシャツと背広のズボンを、ふたたび身に着けた。西川がかけ直してくる可能性に備えて、固定電話で善田に電話をかける。事情を説明して、すぐ池袋に向かうよう頼んだ。

「あら、また出かけるの？」

玄関で靴を履いていると、朝子が様子を見に来て目を丸くした。

「ああ。今夜は帰れるかどうかわからないから、先に寝ていてよ」

西川から電話がかかってきたのは、タクシーを捕まえて池袋に向かった後だった。

『やられました』

「どうした」

『侵入したやつが一一〇番したんです。こんな時刻に変なやつらがうろうろしてるってね。俺たちが監視していたことに気づいたか、疑ったんだと思います。職質されました』

「ばらしたのか。刑事だって」

『いえ。ビルに入ったやつが見ているかもしれませんから。署で話を聞きたいと言うので、黙って行って、そこで事情を説明しました』

張り込みに敵が気づいていたとしても、警察官ではなかったのかと思うかもしれない。そう願いたいものだ。

「逃げられたんだな」

『逃げられました。ただ、先にビデオカメラを仕掛けておいたんです。不動産屋に』

「撮れてたか」

『ええ。ひとりですが、劉ではありません。もっと若い男のようですね。紙袋ひとつ提げて、出て行くところが映ってます』

「俺もじきに着くよ」

いったいそいつは何を持ち出したのだろう。一一〇番通報するとはたいした度胸だ。張り込んでいる刑事たちが、パトロール警官に事情を明かして、第三態取ビルに乗り込んでくるとは考えなかったのだろうか。

そいつは捜査の進展状況を知っていて、張り込み中の刑事たちがうかつに現場に踏み込もうとしないと考えているのか。

そっちは何とかしてみよう、と言った城の顔が浮かんだ。

「ビデオ、見せて」

ビル周辺に誰かがひそんでいる様子はない。それを確認して、上月も不動産屋の所長室に入った。先に、善田が到着している。

「これ、子どもかな」

ほっそり華奢な体型を見て、善田が呟く。夜中の撮影で、距離もある。粒子の荒い動画は、かろうじて人の体型や動きが見える程度だった。

「ちょっと、熊取ビル見てくるわ」

「上月さん、俺も行きましょうか」

「そうですね、善田さんはカメラを持ってきてくださいよ」

何となく予感があった。あの華奢な身体つき。『香車』に似ている。

この時刻でも、まだ営業中の店がある。十代じゃないのかと疑うほど、幼い印象の顔立ちに、マスカラで目をくっきりさせた女性たちが、大声で笑いさざめきながら行き交う。通りを横切り第三熊取ビルの非常階段を上がっていく。三階には異状がなかった。四階に上がると、ドアの鍵をこじ開けた形跡があった。すかさず善田が写真を撮影する。

「ピッキングか」

近ごろの鍵は、以前に比べてずいぶんよくなった。ピッキング対策で、鍵のメーカーが研究を重ねたのだ。第三熊取ビルのオーナーはそれを知らないのか、古い形状の鍵がひとつついているだけだった。

上月は手袋をはめ、ドアのノブを回してみた。何の抵抗もなく、扉が開く。

「——」

思わず善田と顔を見合わせる。令状は持っていない。中に入る権限はない。しかし、自分たちはこのビルの中で動く不審な明かりと人影を見た。鍵をこじ開けられた跡もある。何らかの犯罪が行われたのではないかと疑って、中に入ったと説明はできる。

そっとドアを押し、中の様子を窺った。三階のフロアと同じで、ドアを入ってすぐのところに丈の高いパーティションが設置されている。明らかに、不意の闖入者から、内部を守るための目隠しだ。

照明をつけるわけにはいかなかった。侵入犯はとうに立ち去ったとしても、誰に目撃されるかわからない。上月はスマートフォンを取り出して、画面の光を懐中電灯代わりにぼんやりと室内を照らした。

床はそっけないリノリウムで、パーティションの向こうには地味な事務机がいくつかと、薄いコンピュータを並べたラックがずらりと並んでいた。

『角』は、コンピュータのプログラムを開発する会社だとか言っていた。

コンピュータは、全部電源が入っている。上月には何のランプなのかわからないが、前面の緑やオレンジ色のランプが、ちかちかとすごい速さで瞬いている。

「なんで夜中まで動いてるんだろうな」

「上月さん、これ——」

善田が指さしたのは、部屋の片隅に積み上げられた段ボール箱の山だった。いくつか、箱のふたが開いている。中を覗くと、乱雑に掻きまわしたようにハンドバッグやショルダーバッグが放り込まれてあった。

光を当てると、どこかで見たようなブランドのロゴマークがずらりと並んでいる。

——偽ブランド品だ。

「これか」

「さっきのやつ、この中から盗んで持って行ったんでしょうか」

いくつかなくなっているのだとしても、上月たちにはわからない。

「通報しますか」

善田に確認されて、上月は唸った。たしかにこれだけの商品、見逃すのは惜しい。すぐ池袋署に通報して、窃盗事件として捜査すれば、第三熊取ビルの内部を調べることもできるだろう。

「——いや。通報はやめておきましょう」

「劉ですか」

さすがに善田は察しが早い。上月は頷いた。通報すれば、確実に商品を押収できる。しかし、金龍通信に警察が入ってブツが押収されたと知れば、劉は逃げるだろう。

——亀戸のアジトで縊死《いし》した内田杏美のことを思えば、とてもそれではすまされない。

「この窃盗、裏に何かありますよ」

「何か——ですか」

「たとえば、連中の仲間割れとかね」

善田の目も光る。

「なるほど。現れますかね、劉のやつ」

「泥棒が入ったことは一目瞭然です。明日からの『飛車』『角』たちの動きに注意しましょう。劉の逮捕状と、ここの家宅捜索令状を明日にも用意しましょう」

念のため、善田はフラッシュを焚いて室内の様子とブツを撮影した。

裁判所が出す逮捕状には、有効期間がある。通常は七日間だ。有効期間が切れれば期間延長のための更新依頼を出す。七日の間に、劉は第三熊取ビルに現れるだろうか。

城に話を聞いてみるべきかもしれない。先日の夜以来、城には会っていない。そもそも帰宅の時間帯が異なるので、廊下ですれ違うこともめったにない。コンビニに行く途中で会ったりしたのは、珍しいほうなのだ。

まだ凜子と離婚してねえもん、と口にした時の、妙に照れくさそうではにかんだような城の表情を思い出す。幼い子どもを抱えているとはいえ、凜子さんが消えてからいまだに女っけもなく、再婚を勧めても取り合わない理由がやっとわかった。とはいえ、正式に離婚届を出していないだけの話で、実質的には離婚したようなものだ。

ちぇっ、と上月は軽く舌打ちした。

城は、書類上の婚姻関係という頼りない縁に、まるで最後の綱のようにしがみついているのだろうか。凜子さんが、今さら城たちの元に戻ってくるわけもないのに。

5

第三熊取ビルに空き巣が入った翌日、いったんビルに入った『飛車』が、硬い表情をしてどこかに出かけていくのが見られた。誰かに報告するのかもしれない。もちろん、警察に通報した様子はない。後ろ暗いところがあるようだから当然だ。『飛車』を尾行させることも考えたが、西川と堀田のふたりしか要員がいない時間帯だった。間抜けな話だが、西川が洗面所に行っていて、話を聞いて慌てて駆け降りたが、もう『飛車』の姿はなかったそうだ。刑事も人間、そんなこともある。

『今夜あたり、ひょっとすると動きがあるかもしれませんね』

「劉がブツを移動させるかもしれないな。今夜は俺もそっちに行くよ」

堀田の報告を聞いて、上月はうけあった。西川と堀田だけでは、劉が現れた時に手が足りない。かといって、今夜必ず劉が現れるとも限らない。刑事の仕事は長期戦、持久戦だ。自分も含めた五名の捜査員を、うまく温存しつつ回していかなければ。

不動産屋に泊まりこむ覚悟で、上月は夕方ひとまず自宅に戻った。職場にも身の回りの品を少し置いてあるが、そろそろ新しいカミソリやタオルに交換したい。

「お帰りなさい。早いのね」

玄関を開けると、朝子がびっくりしたように声をかけた。いつもは午前様の亭主が、こんな時刻に戻ることは珍しい。

「またすぐ仕事に戻るよ。泊まりの用意をして行く」

持参するものを鞄に詰めてもらううちに、いつもと雰囲気が違うことに気がついた。

「――隣、えらく静かだな」

公務員住宅の壁が薄いとはいっても、隣家の音が筒抜けというわけではない。とはいえ、ホノカの甲高い声は、時おり壁越しにこちらにも聞こえてきた。鋭く突き刺すような高音なので、「高周波」と呼んでジョークのネタにしていたくらいだ。

「城さん、今日はまだ帰っていないみたいよ」

「珍しいな。仕事かな」

ホノカは保育園に預けているのだろうか。先日、『ハニータイム』の手入れの際に、夜遅くまでつきあってくれたように。

「——あの人に会ってるんじゃないかと思う」

朝子が思いつめたような声を出す。

「あの人？」

「奥さんよ」

思わず目を瞬いた。城が凜子さんに会っているというのか。

「城さん、利用されてるんだと思う」

「利用ってなんだい」

「彼女、城さんの気持ちを利用してるんじゃないかしら。何か困ったことが起きると、助けてもらうために城さんのところに来るの」

「城さんがそう言ったのか」

「ううん。私の勘だけど」

勘なんて、と頭から否定する気にはなれなかった。朝子の勘はよく当たる。勘働きにかけては、刑事の自分より朝子のほうが上かもしれない。

それに——自分が城の立場でも、あの凜子さんをそう簡単に諦めきれるはずがない。

「今日はさ、たぶん帰れないと思うから」

念のためにシャツも着替えた。明日一日、これでもつだろう。警察官の身支度は早い。

「城さんには、僕からも様子を聞いておくよ」

「うん。そのほうがいいと思う」

手短に朝子と言葉を交わして、玄関を出た。

階段を降りながら、上月は唇を細く筒の形にして息を吐いた。凜子さんは、あんなに可愛い娘を城さんの元に残して家を出たのに、朝子と自分には、まだ子どもができる気配すらないなんて。

——うまくいかないものだ。

もし自分たちに子どもができたなら、それこそ目の中に入れても痛くないほど、舐めるように可愛がって育てるだろうに。

タクシーを拾って池袋駅の東口だと告げた。目的のビルまでは、歩いたほうがいい。

午後一番に、鍵屋らしい男が現れて、第三熊取ビルの鍵をつけかえて帰ったらしい。今まで鍵はひとつだったのを三つに増やし、いわゆるワンドア・スリーロックにしたようだ。防犯意識の高い企業や住宅なら、とっくにやっている対応だ。

「まさか、あいつら鍵の交換だけですませるつもりじゃないですよね」

上月が不動産屋の所長室に入ると、堀田がインスタント麺にお湯を注いでいるところだった。いまは西川が見張りの当番だ。監視も長期にわたり、不動産屋にも思いがけない迷惑をかけている。

ただ、間違いなく第三熊取ビルにブツがあることが確認できた。堀田や西川も力の入れようが違っている。

「あと三、四日間が勝負かな」

その間に劉が姿を現さなければ、第三熊取ビルの家宅捜索を執行する。残念だが、いつまでも劉の身柄にこだわるわけにもいかない。商品を押収できれば、それも成果にはなる。あの金龍通信という会社も、何やら妙な気配が漂っている。家宅捜索の際には金龍通信そのものも調べるつもりだった。『飛車』『角』の本名や通学している学校、住まいも押さえてある。たとえ劉を逃がしても、転んでもただでは起きないところを見せてやれそうだ。

午後八時から翌朝の八時まで、ひとりが眠り、ひとりが張り番で監視して三人目がいつでも飛び出せるように待機する。上月が張り番を担当することになったのは、午前四時から午前八時までの四時間だった。

「まだ、何の動きもないのか」

午前四時前に上月が仮眠から目を覚ますと、待機中の西川がひげの伸びた頬をざらりと撫でながら頷く。

「特にありません。いまは、ビル内部には誰もいませんね」

「わかった。堀田、見張りを代わるよ」

ソファの上に寝そべって四時間、仮眠といってもうたた寝した程度だ。それでもさほど眠くもないのは、もし劉が現れれば――という緊張感があるせいだった。

眠らない街、などと東京の繁華街を呼び始めたのが誰なのか知らないが、東京はたしかに完全に眠りにつくことのない都市だ。始発電車が出るまで営業している居酒屋やバーもあるし、深夜に若い男女の集団が、路上に立ったまま何やら口々に話して笑いあっていることもある。北口のほうにいけば、風俗関係の店舗もにぎわっていることだろう。

それでも、さすがに午前四時にもなると、人通りは少ない。もうじき夜明けで、東の空は濃い墨の色に青みが混じりはじめる。

「コーヒー入れましたから」

「ありがとう」

西川が仮眠に入ったのと入れ替わりに、堀田が待機番に入る。インスタントのコーヒーでも、ないよりずっとマシだ。ひと口飲んで、しまった、交代の前に歯を磨いておけば良かったと後悔した。

第三熊取ビル一階のパチンコ屋は営業を終えているが、二階の漫画喫茶は終夜営業で看板の明かりもついたままだ。隣は雑居ビルで、二階のショットバーの看板は先ほど消えた。

「今日は、もう現れないかもしれませんね」

堀田の声に、上月はため息をこらえながら頷いた。

「そうだな」

逮捕状は昨日とった。ちなみに、劉の現住所や本名などいっさい不明のため、逮捕状は「劉」という通称や人相、体格などを説明して人物を特定している。犯罪捜査では、犯人の住所氏名が特定できないことも多いので、こういう逮捕状の取り方もちゃんと取り決めがあって許されているのだ。

——もうじき夜が明ける。

上月は熱いコーヒーをちびちび啜った。

六時近くになると、午前中から店を開ける飲食店や、衣料品店などの前にトラックが停まり始める。今日使う食材などを店に運びこんでいるのだ。

「――おい、あれ。おかしいぞ」

第三熊取ビルに軽トラックが近づいてきた。荷台に何も載っていない。

堀田が望遠レンズのついたカメラに飛びつき、シャッターを押す。撮影したのはトラックの運転席だ。男が座っているようだが、ここからでは顔が見えない。

「行きますか」

「まだだ。あいつがビルの中に入るのを見届けてからだ。先にトラックのナンバー、照会かけてくれ」

また盗まれた車かもしれない。

第三熊取ビルの前に横付けした軽トラから、Tシャツにジーンズの男が降りてくる。ひとりではなかった。作業を急いだのか、助手席からもうひとり男が降りる。

「運転していたの、『角』ですね」

「助手席のほうはどうだ」

降りた男が非常階段を上り始める前に、堀田がシャッターを押した。ふたりの男は階段を上がっていく。

「劉です。間違いありません」

「よし。行くぞ。西川、起きろ！　劉が来た！」

ソファに転がって、軽いいびきをかいていた西川が、無言で跳ね起きた。乱れた髪を手櫛で撫でつけ、投げ出したネクタイに一瞬視線をやって、ものも言わずに走りだす。あれが劉なら、もうここには用がない。

午前六時二分前、巨漢の西川を含む三人の刑事が、ビルの階段を駆け降りる。長く待った甲斐があった。ついに劉が現れたのだ。内ポケットの逮捕状に、上月は無意識のうちに手で触れた。

「連中が荷物を下ろすのを待て。荷物持ってるところ、写真に撮っておいてくれ」

「はい！」

堀田がカメラをかまえる。

ブツを移動させるために抱えれば、言い逃れもできないだろう。ちらりと、城を連れてくれば良かったと思った。『角』は達者な日本語を喋るし、劉も不自由ない程度には話せるはずだが、やつらが日本語を話せないと言い張る可能性はある。

劉はなかなか降りてこなかった。じりじりと焦りを覚えながら待っていると、非常階段から足音が聞こえた。とっさに隠れる。先日、『香車』に似た空き巣に通報されたことを思い出す。

先に現れたのは『角』だった。抱えた段ボール箱をトラックの荷台に積んでいく。

「来た」

堀田が鋭く囁いた。階段から降りてくるブラックジーンズが見える。

「劉です」

言われるまでもない。何度も睨んで目の奥に焼きついてしまった、コンビニの防犯カメラに残された劉の顔だった。

「よし。『角』は現行犯逮捕だ。行こう!」

不動産屋のビルを飛び出し、軽トラックに駆け寄ると、まだ荷台の上に乗ったままだった『角』がぎょっとしたように振り向いた。そちらは西川に任せる。

「劉さんですね」

段ボール箱をふたつ抱え上げている劉は、一瞬何が起きたのかわからなかったようで、うろうろと迷いながら箱の陰から顔を覗かせた。上月は内ポケットからおもむろに逮捕状を取り出して開いた。

「知的財産権の侵害、つまり偽ブランド品を販売した容疑で、あんたに逮捕状が出てます。話は警察署で聞くから、その箱をまず置いてくれるかな」

「わたし、劉さんチガウよ!」

劉がぶんぶんと大きく頭を振った。こいつはまいった。思わず額を押さえたくなる。劉のやつ、そこから認めないつもりか。

「あんたね」

上月がずいと前に一歩出たとき、何を考えたのか、劉が抱えた段ボール箱をこちらに投げつけた。その隙に逃げるつもりだったのかもしれないが、そうはいかない。堀田が回りこんで退路を断っている。堀田の体格は西川や大田原に比べれば小柄だが、中学時代から柔道一直線だという身体つきには、どっしりとした迫力がある。体当たりでもするつもりだったのか、堀田を睨んで向かって行こうとした劉が、蒼ざめて逃げ道を探している。

「無駄ですよ、劉さん」

上月はポケットから手錠を出した。

「素直になったほうがいいですよ、自分のためにね。あんたを逮捕します」

劉に手錠をかける。手錠をはめられると、さすがに大人しくなった。やっと、この時が来た。今までの焦りも苦労も、何もかも報われた気分で、上月は白い歯を覗かせた。

落ちた段ボール箱から、高級ブランドのロゴそっくりなマークをでかでかとプリントしたバッグが、路上に転がり出ていた。立派な証拠だ。劉は素手だった。段ボール箱にも指紋が残っているに違いない。「刑事がわざと箱に触らせたからついた」などと言い出しかねないが、そのために彼らが段ボール箱を抱えているところを写真に撮ったのだ。

「車呼びます」

堀田が携帯電話を取り出す。『角』は劉が捕まるのを見て観念したのか、おとなしく現行犯で逮捕されたようだ。事件の幕切れとしては最高だった。あとは、どうやってふたりにきっちり自白させるかだ。

通りすがりの野次馬が、ちらほら集まり始めている。

「まさか今朝のうちに劉のやつが現れるとは！　絶対、私が当番になる今夜だと思ったのに」

善田がしきりに悔しがっている。犯人逮捕は事件捜査の花だ。現場に居合わせることができなかったのが、悔やまれるのだろう。

「しかたがないよ、善田さん。五人のうち、誰かふたりが必ず外れくじを引くんだから」

警察が被疑者を拘束しておけるのはひとまず四十八時間。それを過ぎれば検察に送致しなければならない。

劉と『角』を池袋署に借りた取調室へ放り込み、第三熊取ビルの前に残された軽トラや段ボール箱、金龍通信内部の荷物などを押収するのに、池袋署の協力を仰いだ。五人ではとても無理だ。

「上月さん！　通訳センターに連絡しましたが、城さんはまだ出勤していないそうです。別の通訳が来てくれますが」

大田原が、受話器の送話口を分厚い手のひらで押さえ、声を張り上げた。

城がまだ来ていないと聞いて、上月は舌打ちした。忘れていた。通訳センターの日勤は午前八時半からの勤務だ。まだ一時間以上、待たなければいけない。他の通訳なら出勤時間前でも駆けつけてくれるかもしれないが、何しろ城はホノカちゃんを保育園に送っていかなければいけない。

「しかたがない。それでいいと言ってくれ」

城に申し訳ない気持ちもある。彼が糸口を摑んでくれたおかげで、第三熊取ビルを張っていたのだ。

「指紋、出ましたよ」

堀田が写真を何枚か並べた。

「こっちが劉から採取した指紋、こっちが段ボール箱から採取した指紋です。ぴったり一致します」

「そりゃあするさ、俺たちの目の前で抱えてやがったんだから」

にやりと笑うと、堀田もつられたように歯を見せた。

「『角』は善田さんにお任せしますよ。西川は善田さんと一緒に。堀田は俺と来てくれ」

「上月さん、俺も一緒にいたらまずいですか」

大田原が分厚い手のひらを上げた。やる気は十分だ。

「俺たちの後ろで聞いてるといい」

劉と『角』は、通訳が到着したので、いまちょうど嘘発見器にかけられているところだ。被疑者を逮捕すれば、真っ先に嘘発見器にかける。これは、刑事たちではなく鑑識の人間が実施する。

「終わりましたよ」

鑑識の係員が、結果を持ってやってきた。単純な質問と、それに対する劉の回答、回答した時の発汗などについて記録されている。偽ブランド品の密売だけでなく、内田杏美の遺体を放置して逃げたことについても尋ねてもらった。

「いつ彼女が自殺したのか、いろいろなパターンで聞いてみました。劉が買い物に出た隙に死んだ、という答えの時に、精神状態が不安定になりましてね」

「やつは、何と言ってるんですか」

「知らない間に死んでいたと言ってますよ」

「やつが帰った時には、彼女の身体はまだ温かかった可能性もあるわけですか」

「ありますね」

材料はそろったようだ。

劉の取調室に行くと、部屋の前で通訳の青年が頭を下げた。寝ぐせなのか、髪の後ろがぴんと撥ねている。三十歳前後の男性通訳だ。

「河野《こうの》と申します。よろしくお願いします」

「こちらこそ、よろしく頼みます」

やっと八時を回ったところだった。

いかにも頼りなさそうな河野を見て、多少時間がかかっても、城の出勤を待つべきだったかもしれないと後悔する。

取調室のドアを開けた。腰縄をつけ、取調室の机にその端を固定された劉が、まっすぐこちらを見返す。よく日焼けした、スポーツマンタイプの男だった。顔立ちはありふれているが、目に力強い生気がある。馮青《フエンチン》といい杏美といい、女によくモテたというだけあって、劉という男は黙っていても人の気持ちを惹きつけるものを持っているらしい。

「劉。本名は劉好《ハオ》。間違いないね」

「間違いないと言ってます」

通訳の河野は、通訳業に徹して上月と劉の言葉をかわるがわる翻訳する。城の破天荒な通訳ぶりに慣れた上月には物足りない気分もするが、これが一般的な「通訳先生」の姿だ。

劉の人物を特定する人定質問の後、上月はまっすぐ核心に切り込もうとした。だが口を開く前に、劉がいきなり早口の広東語で河野に向かって喋りだした。河野はしきりに、うんうんと言いながら頷いてやっている。

「どうしたんだ」

「偽ブランド品だと聞いて自分も驚いている、あれは本物だと言われて高い金を出して買ったもので、あれが偽物なら自分こそ一番の被害者だと言ってます」

「――なんだと」

上月は目を剝いた。

盗人《ぬすっと》たけだけしいとはこのことだ。偽ブランド品を自分たちが持っていたことは、もはや言い逃れできない。だから、それが偽物だとは知らなかったと言い張るつもりなのだ。

「それならどうして、逮捕される直前に逃げようとしたのか。本物だと思っていたのなら、何も後ろ暗いことはないじゃないか」

劉はいかにも真剣な表情で、身ぶり手ぶりを交えて説明する。

「自分は五年前に入国して、滞在期限が切れている。それを見つかったのだと思って逃げたんだと言ってます」

——この野郎。あくまで逃げ切るつもりらしい。

不法滞在なら強制退去させられるだけだ。犯罪者だと見なされれば、日本の法律で裁判を受けなければいけない。偽物だと知らずに販売していたのだと言われて、そうではないことを証明できなければ、劉を罪に問うことができなくなってしまう。

でたらめを並べ立てたり、感情的になって泣き喚いたりするたいていの中国人犯罪者よりも、劉のほうが性質が悪い。どこまで自分が譲るべきなのか、計算ずくで話を進めようとしているのだ。

上月は身を乗り出し、劉を睨み据えた。

「劉さんあんた、日本の警察舐めてるだろう」

どすをきかせると、河野が驚いた表情になった。通訳してやれと促して、ようやく迷いながらも通訳する。全然迫力のない言い方だ。劉のやつがひょうきんに眉根を寄せて肩をすくめる。

「偽物だと知らなかったのなら、なぜ内田杏美を見捨てて逃げた。ええ？　あんた、あの娘が首をつった直後に弁当ふたつ提げてコンビニから戻ったな。ふたりで食うつもりだったんだろうが。あの子の身体、まだ温かかったはずだよな。ええ、そうだろうが！　すぐに救急車を呼んでやれば、助かったかもしれないんだぞ。偽物のブランド品が部屋の中に山積みになってたから、怖くて通報することもできなかったんだろうが。このいくじなし。あんたがあの子を殺したのも同然だ。金儲けのために、あの子を死なせたんだ!」

「上月さん、あの、すいませんが少しずつ喋ってくださいよ」

おろおろしながら河野が通訳を挟む前に、取調室のドアがノックされた。邪魔をするのはどこのどいつだと振り向くと、飛び込んできたのは城だった。

「河野、俺と交代だ!」

「城さん!」

「いいから代われ!」

河野の腕を摑むようにして外に追い出し、通訳席に城がどかりと腰を下ろす。背広の上着を脱いで椅子の背に荒っぽくひっかけ、シャツの袖をぐいとまくりあげた。ひげも剃らずに飛んできたらしい。無精ひげと、目の下にできた青黒いくまが、城のきかん気な表情に凄みを加えている。

じろりとこっちまで睨まれた。

「水臭いぜ、上月。ちょっとぐらい待ちやがれ。俺がいたらどのみち一時間で落としてやるのに」

ぶつくさとひとくさり文句を垂れると、マシンガンのような早口で劉に怒鳴り始めた。

たぶん上月の言葉を通訳しているのだ。――たぶん。

いや、ひょっとすると自分の言葉で悪口雑言を並べているだけなのかも。劉のやつは、突然飛び込んできて自国語をまくしたてる男に目を剝いている。何か言い返そうと口を開きかけるが、城のたたみかけるような怒鳴り声に負けて、口をつぐんでしまった。

どうやらハサミの両刃が揃ったようだ。上月は薄く笑った。とことん、切りまくってやろうじゃないか。

6

劉好は、城のいう一時間では落ちなかったが、三時間後には陥落した。

内田杏美の件を警察が押さえていたのが意外だったようだ。自分が戻った時にはとっくに死んでいたとか、救急車を呼ばなかったのは荷物の問題ではなく、不法滞在がばれるのが怖かったのだとか、この期に及んで言い訳がましい言葉を並べていたものの、城がふたことみこと厳しくも冷ややかな口調で告げたとたん、真っ青になって態度を変えた。

「なんて言ったんだ」

「正直にならないと、化けて出るぞってな。彼女が」

「呆《あき》れたな」

いやはや、心底呆れた。そんなもんで落ちるのか、あのしぶとそうな劉が。

「意外と信心深いんだよ、ああいう連中。実はここしばらく、毎晩女の幽霊に悩まされてたって言ってたぞ」

内田杏美は職場の人間関係でノイローゼ気味になっていた、というのが劉の説明だった。おまけに、その鬱憤《うつぷん》を晴らそうとクレジットカードで高価な買い物をするうちに、返済困難に陥ってカードの利用が停止された。借金を抱えてとほうにくれているところを劉につけこまれ、甘言にたらしこまれて自分の名義で部屋を借りてやったそうだ。ところが、その部屋代すらも劉が支払いをけちったので、いよいよ追い詰められて首をつった——という状況だったそうだ。劉のやつは、警察に言いつけたら彼女も共犯だと言って脅したそうだから、誰にも相談できなくて絶望したのだろう。

そこまで追い詰めておきながら、コンビニに弁当を買いに行ったとは、のんきな男だ。その程度のことでまさか自殺するとは思わなかった、と劉は抗弁したらしい。残念なのは、内田杏美の自殺については劉を罪に問うわけにはいかないということだ。

劉が背負う罪名は、商標法違反と不法滞在だった。金龍通信に空き巣が入ったと知らされて、慌てて荷物を移動させようとしなければ、捕まることもなかったはずだ。

第三熊取ビルの内部から押収した物品は、段ボール箱にして五十箱、商品点数にして千点あまり。一回の押収点数としてはそれほど多いとも言えないが、偽ブランド品以外にも大きなおまけがついてきた。

金龍通信は、中国人ハッカーの日本での拠点だったのだ。

「インターネットってのは、どうもよくわからんな」

上月はため息をついた。こちらからの協力要請に応じて、サイバー犯罪対策課が今朝すぐに金龍通信に捜査に入った。『飛車』『角』たちは、中国人向けに無許可の中継サーバーを運用していた。プロキシサーバーとかいうらしいが、上月には何のことやらよくわからない。説明によれば、それを使えば自分の正体を隠すことができるので、なりすましや故買、ハッキングなどの犯罪に利用されていた恐れがあるということだ。

中継サーバーとは別に、中国人向けのネットカフェ的なサービスも提供していたらしく、『桂馬』たちはその客だったそうだ。

ビルのオーナー、山東貿易の楊中原社長は、『飛車』『角』たちがそんな目的でフロアを借りたとは知らなかったと証言しているようだが、なにしろ上海に帰国したきり、日本に戻ってこない。

「きっと、ほとぼりが冷めるまで来日しないつもりだろうよ」

城がそう言ったが、上月も同意見だ。劉の荷物を運びこんだことも、『飛車』『角』たちが勝手にやったこととは思えない。山東貿易まで手を伸ばすのは無理かもしれないが、中継サーバーの捜査結果いかんによっては、さらに余罪が発覚する可能性も高い。

「『ハニータイム』の摘発から、劉の偽ブランド事案ときて、違法サーバーか。芋づる式ってのはこういうことだな」

上月が書くべき捜査報告書は山積みになっている。これからしばらく、事情聴取と報告書の提出にかかりきりになりそうだ。

ふう、とため息をついて、昨夜あまり眠っていない自分と同じくらい、城が疲れた顔をしていることに気がついた。上司から劉逮捕の一報を自宅で受けて、身支度もそこそこに飛んできてくれたこともあるが、それだけでもなさそうだ。

「城さん、あんな朝早くに来てくれたのは嬉しいけど、ホノカちゃんはどうした」

「保育園に連絡して、一時間繰り上げて預かってもらったよ。ホノカのやつはまだ眠そうだったけどな」

へえ、と上月は生返事をした。城らしくもない仕事熱心さじゃないか。

「あんなに、無理な仕事はしないって言ってたくせに」

「おう。今回は特別待遇だぜ。ふだんはこんなに張り切って仕事しねえから、わかってるだろうけど」

「今回は特別？」

どうも怪しい。

「なあ、城さん。ちょっと」

善田たちに聞かれないように、城の袖を引っ張って廊下に出た。

「あんた、何か隠してないか」

「――何をだ」

刑事の仕事は他人の嘘を見抜くこと。知らん顔して突っ張ってはいるが、城がわずかに動揺したのはすぐわかった。やはり、何か言いたくないことがあるようだ。ネタは割れてるんだよ、と昔の刑事ドラマ風に突っ込んでみたくなる。

「昨日さ、誰に会ってたんだ？」

「なに？」

「凜子さんに会ってたんじゃないのか。まさか、彼女もこの件に絡んでいるんじゃないだろうな」

「はあ？」

その瞬間、上月は自分がはずれくじを引いたことに気がついた。城の目から、みるみる動揺の色が引いていき、むしろ「こいつ馬鹿じゃねえの」と言いたげな傲慢な態度が戻ってくる。しまった。調子に乗って、つい余計なことを言いすぎた。

「なんで凜子なんだよ。確かに昨日は凜子に会ってたが、事件とは何の関係もねえよ」

「それじゃあ、なんで会ってたんだ？　そろそろよりを戻そうって？」

からかってみると、城はむっと唇を横に引いて「へ」の字そっくりに曲げた。

「ひとの女房だ、ほっといてくれよ」

たしかにそのとおりだ。ほっとけるものなら、とっくの昔にそうしてる。

「困ったことが起きると、城さんのところに泣きついてくるんだろう。子どもを押しつけて、ほっぽりだした亭主のところに、その時だけいい顔して戻ってくるんだろう」

朝子の受け売りだが――たぶんそういうことなんだろうなと、上月も思った。何しろあの凜子さんのことだ。美人で気位が高くて、男なんかみんな自分の足もとに跪《ひざまず》くものだと考えていて、どういうわけか城みたいな風変わりな男を選んで結婚した女のことだ。

「ああ、そうだよ！」

城が怒鳴り返したので、廊下にいた池袋署の署員たちが何ごとかとこちらを見ている。本庁の捜査員同士の口論だとわかると視線をそらした。

「つきあってる男と揉めると、俺のところに泣きついてくるのさ。喧嘩の仲裁だったり、別れるために俺と結婚してることを明かしたり、いろいろだ。いつものことなんだよ。ホノカ抜きで会ってくれって言うのさ。馬鹿な母親だよ。自分が見捨てた娘だから、ホノカに会うのが怖いんだ。だから俺はホノカを預けて、凜子の話を聞きにいくんだよ！」

「あんたそれでいいのかよ」

「いいんだよ」

「いいわけねえだろ！」

「俺がいいって言ってんだよ！」

上月は深呼吸した。これ以上この話を続けると、摑みあいの喧嘩になりそうだ。城も言いすぎたと思ったのか、目をそらして深く息を吸い込むと、すまんなとひとこと詫びた。

「心配かけてることはわかってる」

「謝ることじゃないよ」

「まあな」

ひとりごとのように呟いて城は歩き出した。

「城さん、本庁に帰るのかい」

背中に投げた上月の言葉に振り返り、城は首をかしげた。

「――なあ、上月。俺な、凜子はまた俺たちの家に戻ってくると思うんだ。ホノカもいるわけだしさ。俺はそいつを待ってるんだよ」

かける言葉を見つけることができず、上月は呆然と城を見送る。

——なあ、朝子。おまえの言う俺のハサミの片割れは、こんな男だ。逃げた女房が戻ってくるまで、幼な子を抱えて待っているつもりの男だ。気が長いというか、人がいいというか、ただの間抜けというか。俺には絶対真似できない。

「上月さん、一度本庁に戻りますか」

取調室のドアを開けて、善田が呼んでいる。

「ええ、戻りましょう」

もう一度、小さくなった城の背中を見やって、上月はやれやれと首を横に振った。

『香車』を見かけたのは、その日の夜だった。一連の事件が一応片づき、劉の検察送致も終えて、今日くらいは早く帰ろうと口々に言い交わして本庁を後にしたのだ。善田は、久しぶりに子どもとゆっくり遊べるといそいそ帰っていった。まだ独身の西川たちは、大田原も引きつれて飲みに行くのだそうだ。

いつものように桜田門から麴町の官舎まで歩いていく。冷蔵庫に発泡酒はあったかなと記憶を探るが思い出せず、コンビニに寄って買っていくべきかと迷いながら官舎の前まで来た。

ほっそりした体格の若い男が、官舎の前の歩道に立って、スマートフォンをいじっている。『香車』だ、と気づいたのは男がこちらを振り向いて、顔が見えた瞬間だった。切れ長の目と、鼻筋の通った細面。以前に見たことがなければ、若い女性と見間違えたかもしれない。ゆったりとしたクロップドパンツに、ミリタリー調のシャツを羽織っているだけだが、ひと目見てお洒落な印象がある。

おや、という顔を向こうも見せた。

「きみは——」

『香車』という名前は西川がつけたあだ名だ。尾行に失敗して、彼の正体はいまだに不明なのだった。上月は、彼が金龍通信に空き巣に入ったことをようやく思い出した。

ここで逮捕すべきだろうか。しかし、彼が空き巣に入ったおかげで劉の逮捕にまでこぎつけることができたようなものだし、彼が盗んだという証拠もない。それにしても、念のため説諭はしておくべきだろうか——。

迷っていると、少年が唇をにっと横に引いて、白い歯を見せた。

「こないだは、てっきりヘンタイ野郎かと思ったよ」

「は?」

尾行した時のことを言われているのだと気づき、上月はあっけにとられた。こいつ、尾行されていることに気づいただけではなく、尾行者の顔まで記憶していたというのか。

「上月！　上月待て、そいつには手を出すな！」

階段を駆け降りてくる足音が聞こえ、城が息せききって走ってきた。

「シャオミン、おまえもこんなところまで来やがって！　いやがらせか！」

「だって面白そうだからさ。刑事の家なんて見たことないしね」

けろりとした顔で答えた『香車』は、悪戯そうな目つきで官舎を見上げている。シャオミンという名前に聞き覚えがあった。城のやつが第三熊取ビルに劉の荷物があるとSから聞きこんだ後、「もしシャオミンが来たら」と言いかけてやめたのだ。

「城さん、この子はいったい」

城は上月と少年を見較べて、いまにも頭を掻きむしりそうな顔をした。

「くそう、まったく。こいつはシャオミン。俺のS——候補だ」

「こんな子どもが？」

どこからどう見たって、十代後半だ。シャオミンが一瞬冷たい目になって何か言いかけたが、城が慌てて制止した。

「たしかにまだ二十歳になっていないよ。おまえに話せば、絶対反対されると思ってたし」

「当たり前だろ、城さん。十代の子どもをSにするなんて、倫理的にも考えられない」

「待て、上月。シャオミンは特別なんだよ。こいつの知恵がとんでもなく回ることは、おまえが身をもって体験したはずだぜ」

尾行を気づかれ、撒かれただけではない。金龍通信に空き巣に入った時には、刑事の監視を知っていて一一〇番に通報した。あれは、自分の逃げ道を確保するためにシャオミンがやったのに違いない。

「おまえらなら、職務質問されても警察の張り込みだとは明かさずに黙って署までついていくだろうから、その間に逃げられると教えておいたんだ」

城の言い草を聞いて呆れた。

「ということは、この子をそそのかして――」

とても、それ以上は公共の路上で口にすることができなかった。なんと十代の少年に、深夜ドロボウに入らせたのだ。犯罪行為をそそのかしたのはれっきとした警察官だ。

――城はいったい何を考えているのだ。

「いいじゃないか、おかげで連中を逮捕できたんだろ。めでたし、めでたし」

シャオミンは相変わらずけろりとした顔でこちらを見つめている。いったい何がそんなに不満なのかと、その顔が言っている。

「良くない！」

上月は思わず声を荒らげた。

「おまえがやったのは犯罪だ。ビルから盗み出した商品はどうした？　誰かにやったりしてないだろうな」

劉ではないが、バッグを与えた女から足がつく可能性だってある。

「ばーか。あんなかっこ悪いの、池袋を出てすぐに捨てちゃったよ」

シャオミンが弓なりにのけぞって大笑いし、ぴょんとガードレールの上に飛び乗った。

軽業でもやっていたのかと目を疑うような身軽さだ。

「おい、シャオミン！」

「やってらんねえ、オレ帰るよ！」

城が呼ぶのにちらりと流し目をくれると、まったく危なげのない身のこなしで、ガードレールの上をつま先立ちで走り始めた。さほど気を悪くした様子ではない。気まぐれな少年なのだ。

ちっと城が舌打ちして、上月を睨む。

「あいつを俺のSにするために、いままでどれだけ苦労して仕込んだと思ってるんだよ、やることが汚なすぎる。

この馬鹿野郎！」

「馬鹿はどっちだ！」

仕事なんかどうでもいいふりをしやがって、隠れてこんな真似をしていたとは。やることが汚なすぎる。

「あいつに何かあったら、城さん、あんたが責任を取ることになるんだぞ！」

刑事でもない、ただの——通訳が。しかも、根っから警察官であるぶん、法律上も倫理上も罪は重いに違いない。

「待てよ、シャオミン！」

上月の忠告には取り合わず、城は少年を追いかけて走り出した。呼びとめようとして、上月はしゃにむに走る城の後ろ姿を眺め、深いため息をついた。

——ハサミの両刃。

そのうち、自分はもう片側の刃に骨身を削られてぼろぼろにされそうな予感がする。早く凜子さんが帰ってきて、城の首にしっかり縄をつけておいてくれないものだろうか。

走り去るふたりを遠くに見て、上月はやれやれと肩を落とした。

※参考文献　「通訳捜査官　中国人犯罪者との闘い2920日」（坂東忠信　経済界刊）

見ざる、書かざる、言わざる

ハーシュソサエティ

貫井徳郎

貫井徳郎（ぬくい　とくろう）

一九六八年東京都生まれ。早稲田大学卒。九三年、鮎川哲也賞の最終候補作となった『慟哭』は、巧みな伏線と微に入り細を穿つ構成で傑作と評される。二〇一〇年『乱反射』で日本推理作家協会賞を受賞。また同年、『後悔と真実の色』で山本周五郎賞を受賞する。人間の情念を抉るような重厚なテーマを本格ミステリに落とし込む作品を発表する一方、警視庁の影の特殊工作チームが活躍する「症候群シリーズ」といったエンターテインメント性の高い作品もある。

1

手を休め、ディスプレイから少し離れて、全体像を俯瞰《ふかん》した。デザインとできあがった実物では微妙に印象が違うが、そのギャップをイメージで埋めるすべはもう身についている。これはいいものになったという手応えがあった。充足感が全身に満ち、自分は今この瞬間、世界で一番幸せな人間ではないかと思えてくる。この多幸感が好きで、野明慎也《のあきしんや》はクリエイティブ系の仕事をしているのだった。

データを保存し、パソコンを休止状態にした。そろそろ深夜零時になろうという時刻なので、オフィス内には他に誰もいない。窓の施錠を確認して空調を切り、警備会社に直結している警報システムを作動させてオフィスを出た。ビル内の他のオフィスにも人はいないらしく、野明の立てる足音だけが廊下に響く。エレベーターホールに行き、ボタンを押してケージを呼んだ。

野明のオフィスは三階なので、一階まではすぐだった。ドアが開くと同時に、ほとんど条件反射のように歩き出す。何度も乗り降りしているエレベーターなので、前方は確認しなかった。

警戒心など、かけらも持ち合わせていなかった。だからすぐ背後に人の気配を感じたときには、もう遅かった。後ろから回ってきた手が口許に何かを当てても、薬品臭を感じただけだった。事態を把握する前に、野明の意識は暗転していた。

……目覚めたのは、経験したこともない激痛が全身を襲っていたからだった。どこがどう痛いという自覚もできず、ただただ燃え上がるように体全体が激痛を訴えている。あまりに不快で、野明は絶叫した。いや、絶叫したつもりだった。それなのになぜか、喉からは獣の唸りのような音しか出なかった。

自分がどこにいるのかもわからなかった。視界は完全な暗闇に閉ざされていたからだ。ここは光の差さない地下室か。そうは思ったものの、肌に触る空気は屋外のものだった。外にいてこんなに真っ暗なのは、人里離れた山奥だからか。何が起きたのか、さっぱりわからない。

いや、自分はアスファルトに寝そべっているようだ。徐々に、状況が把握できてきた。土ではなく、アスファルト。ならばここは、山奥などではない。それなのにどうして、何も見えないほど暗いのか。どうにも解せなかった。

目がおかしいのかと考え、手で擦《こす》ろうとした。その瞬間、意識が手に向いたためか、激痛が指先に集中していることに気づいた。想像を絶する痛みとは、このことだろうか。痛すぎて、悶絶する。先ほどからずっと、自分が呻き続けていることを今頃自覚した。

手を目許まで持っていき、擦った。いや、擦ったつもりだった。しかしなぜか、目許と指先は接触しなかった。手は空を切り、何も捉えなかった。おかしいと思い、もう一度同じ動作をした。

やはり届かない。その異常に、心がすっと冷えた。頭は事態を理解したのに、心がその事実を拒絶している。まさかと思いながら、今度は掌ごと顔に押しつけてみた。

ああああ、と声が出た。明らかに感触がおかしい。あるべきものがない。今度は左手で、右手を摑もうとした。だが、それも果たせなかった。指が何かを摑む感覚はなく、拳と拳をぶつけたかのようだった。自分では精一杯手を開こうとしているのに、指はボンドで固定されたかの如く動かない。いや、違う。野明はもうわかっていた。自分の指が、右手からも左手からもすべて失われていることを。

その受け入れがたい事実を、己の目で確かめたかった。それなのに、依然として何も見えない。激痛は指先だけに存在するのではない。眼窩と、そして口腔内にも居座っていた。何も見えず、言葉も出ない。それが意味することを、野明は理解したくなかった。

あああああ。さらに呻いた。痛いと喚きたくても、舌が動かない。舌の代わりに口の中にあるのは、耐えがたい激痛だ。舌はどこかに行ってしまっていた。

おれは泣いているのだ。野明は思った。失われた十本の指と舌を思い、号泣している。しかし流している涙は、血だった。眼窩は両方とも、ただの血溜まりになっていたのだった。

信じたくない信じたくない信じたくない。野明は身を捩り、頭を振り、現実を拒否した。それでも、過酷すぎる事態は悪夢などではなく、体は激痛に苛まれ続けた。

2

警視庁通信指令センターからの一報が刑事部屋に入ったとき、そこにいたのは佐貫《さぬき》と吉《よし》川圭一《かわけいいち》のふたりだけだった。電話を受けた佐貫の顔が、見る見る曇っていく。その様子を見て、事件発生を吉川は予感した。

「怪我人が出たそうです。死ぬほどの怪我じゃないらしいですけど、殺人よりひどいですよ」

受話器を置いた佐貫が、吉川に向かって言う。吉川は立ち上がり、確認した。

「どんな怪我なんだ」

「両目を潰され、舌を切られています。それだけじゃなく、両手の指をすべて切断されていたそうですよ。たまんないですよね」

佐貫は大袈裟に口をへの字に曲げた。佐貫はまだぎりぎり二十代なのに、すでに中年のように恰幅がいい。その名字からしてつけられる渾名は決まっているのだから、少しは痩せる努力をすればいいのに、太鼓腹はむしろ日に日に立派になっていくようだった。そもそも本人は、〝狸〟と呼ばれることをまるで気にしていない。痩せているときからその渾名だったので、体型のせいだとは考えていないらしい。神経が図太いのは、刑事としてプラスに働く資質だった。

「両目に舌に指全部ってことは、もちろん自分でやったことじゃないでしょうね。第三者にやられたんですよね。どんだけの悪意ですか」

自分が同じ目に遭った場合を想像したのか、佐貫は両腕で体を抱き締め、大袈裟に震える真似をする。吉川はそんなひょうきんな後輩の仕種は無視して、確認した。

「病院はどこだ？」

「日本女子医大に担ぎ込まれたそうです。行きましょう」

「ああ」

吉川は返事をするのと同時に上着を手にして、刑事部屋を出た。佐貫があたふたと後を追ってくる。

「なんなんですかねぇ。拷問ですかね。拷問にしても非人道的すぎますけど」

エレベーターケージの中で、佐貫は饒舌に推測を口にした。佐貫のお喋りは別に不愉快ではないが、同じペースで会話に乗るような芸当はできない。相槌を打たなくても勝手に喋る男なので、うるさく感じない限りは一緒に行動するのが楽な相手ではあった。吉川の寡黙さは、佐貫も承知しているはずである。

確かに佐貫の言うとおり、拷問としか思えない状況だが、口を割らせるための拷問だとしたら度が過ぎている。どんなに我慢強い人であっても、指を一本切断されたら心が折れるのではないだろうか。指をすべて失い、舌と両目までなくしてしまえば、どんな補助具を使おうともはや社会復帰は無理だ。そこまで拷問に耐えられる人が、世の中に存在するとは思えなかった。

ならば、被害者を傷つけることが目的なのだろうか。その場合は、よほどの恨みが犯人を駆り立てたことになる。いったいどんな恨みならば、他人に対してそこまでひどいことをする動機になるのだろう。吉川にはとても想像できなかった。

署を出て、地下鉄を使って日本女子医大に着いた。受付で身分を名乗り、怪我人がまだ治療中であることを教えられる。それも当然なので、処置が終わるのを待合室で待つことにした。暑い季節でもないのに、佐貫はもう汗をかいてしきりに額をハンカチで拭っていた。

「死ぬほどの怪我じゃない、と言ったよな」

少し思うところがあり、ほとんどひとり言の気分で佐貫に話しかけた。佐貫はハンカチで顔を扇ぎながら、頷く。

「そう言ってましたね。まあ、指切られても目を潰されても、それだけじゃ死にませんよね。死ななかったことを喜べるかどうかはわかりませんけど」

「そうだな」

医師の話を聞かないことには、他の部位に怪我を負っているかどうかわからない。頭部に殴打痕でもあれば、殺人未遂の可能性もあった。

治療にはかなりの時間がかかるのではないかと覚悟していたが、案に相違して、さほど待たされることはなかった。手術室の扉が開き、中からストレッチャーに乗せられた人が出てくる。目許と両手に包帯を巻かれているので、悲惨さはまだよくわからない。運ばれていくのを見送ってから、遅れて出てきた医師に話しかけた。

「警察の者です。お疲れ様です。さっそくですが、怪我人の状態について教えてもらえますか」

よけいな前置きはせず、単刀直入に尋ねた。他人とのコミュニケーションが苦手な吉川は、こんな質問の仕方しかできない。医師はたいてい無駄口を嫌うから、質問する相手としてはありがたかった。

「ちょっと、坐りませんか。少し疲れたので」

三十代半ばくらいの医師は、サージカルマスクを外しながら廊下のベンチを指し示した。疲れたと自分で言うとおり、辛そうに目許を揉んでいる。そんなに大変な処置だったのかと思いながら、医師の隣に腰を下ろした。佐貫は医師を挟んで反対側に坐る。

「失礼。処置自体はそんなに大変じゃなかったんですけど、あんなひどい状態の患者を診たのは初めてだったので、精神的に疲弊《ひへい》しました。もう大丈夫ですので、容態を説明します」

医師は頭をひと振りすると、気丈に言った。そんなに簡単に立ち直れるはずもないが、刑事の立場としては休んでくれとも言えない。少しでも早く、情報を入手する必要があった。

「両手指の切断。鋭利な刃物によるものと思われます。舌の切断。これも同じく、刃物。それから両目を錐《きり》状の物で刺されています。残念ながら、両目とも失明状態です。回復の見込みはありません」

医師は吉川たちではなく前方斜め上を見て、暗記したことを棒読みするように説明した。

メモを取りながら、吉川は質問を発する。

「他に外傷は？」

「ありません。一応この後、CTスキャンで検査しますが、おそらく頭部に怪我は負っていないでしょう。体にも、指切断以外に深刻な傷はありませんでした」

「被害者はそれらの損傷を受けている間、意識があったのでしょうか」

そこは大事なポイントだった。意識があったのなら、拷問の線もあり得る。あるいは復讐か。

「本人から話を聞けない状態なのでなんとも言えませんが、おそらく薬物で眠らされていたのではないかと思います。ただ、手首足首に軽い擦《す》り傷があるので、縛られた状態で抵抗できなかったのは確かです」

「なるほど。では、被害者は致命傷を負っているわけではないのですね」

「はい、命に別状はありません」

「わかりました。本人にはいつ、面会できるでしょうか」

「怪我の痛みは痛み止めで和らげられますが、問題はむしろ精神面でしょう。自分に何が起きたかわかったら、そうそう簡単には立ち直れないと思います。ですから以後はむしろ、カウンセリングの問題になるでしょうね。カウンセラーがいつ面会を許可するかは、私にも判断がつきません」

医師は慎重な物言いをする。こんな怪我人は前例がないだろうから、慎重になるのも理解できた。吉川はそれでも食い下がった。

「肉体面だけの話をすれば、どうですか？　例えば明日にも面会は可能ではないですか」

「そうですね。命に障る傷ではないので、ご本人が望めば明日には会えるでしょう。ただ、本人が何を望んでいるか、知る手段がないのですよね……」

医師の向こうにいる佐貫が、その言葉で初めて気づいたのか、愕然とした表情で顔を上げた。吉川は頷いて、手帳を閉じる。

「いろいろありがとうございます。ＣＴスキャンの結果が出るまでここにいますので、知らせていただけますか」

「承知しました。では、これで」

医師は立ち上がり、一礼して去っていった。すぐに佐貫が話しかけてくる。

「ホシの目的は口封じですか。舌を切られたら喋れないし、指を切断されたら字も書けない」

「ついでに言うと、目も潰されているから、視線ポインターで言葉を綴ることもできないな。残虐だが、徹底的に口を封じるならここまでやる必要がある。一応、理に適った犯行のようだ」

　吉川は冷静に指摘する。そんな吉川を見て、ふだんはひょうきんな佐貫も真面目な顔をした。

「吉川さん、最初からホシの目的に見当がついてたんですか」

「可能性はあると思っていた。もちろん、まだなんとも言えないが。おれたちはまず、被害者から話を聞き出す方法を考えないといけない」

「被害者《ガイシャ》が生きてるのに証言できないなんて……。ということはもちろん、ガイシャはホシの顔を見ているのでしょうね。ガイシャが喋れりゃ、ホシは一発で捕まえられるのに」

　くそっ、と低く唸って、佐貫は手帳を自分の左掌に叩きつける。佐貫の目は、幾分据わっていた。

「そこまでしながらガイシャの命を奪わなかったのは、アレですよね。死刑になりたくないからですよね」

「おそらく、そうだろうな」

　ようやく佐貫も、吉川の推測に追いついたようだった。この残虐な犯行は、単なる恨みの産物ではない。今の社会情勢が生み出した残忍さだと言っても過言ではなかった。

「でも、ここまでしておきながら、命を奪ってないから死刑を免れるなんてことがあり得るんですか。なんのための死刑ですか。本末転倒じゃないですか」

どうしようもない理不尽さを前にすると、人はただ腹を立てるより他になくなる。今の佐貫が、まさにその状態のようだった。

同感だよ。吉川は胸の裡だけで、こっそり同意した。

3

二〇〇九年に始まった裁判員制度は、日本の裁判を大きく変えるのではという施行前の予想を覆し、従来の判断と大差ない判決を当初連発した。それはあたかも、裁判員に選ばれた人がおっかなびっくりであったため、前例に従うことに汲々とした結果のようでもあった。しかしやがて、世界にも類を見ないこの制度が独自性を発揮し始める。素朴な市民感情の反映、という制度導入の目的を、裁判員たちが忠実に遂行し始めたのだった。

そこに至るには、いくつかの布石があった。裁判員たちの判断はむしろ、穏健な方向に向いていた。疑わしきは罰せず、という裁判の大原則に則《のっと》り、誰がどう見ても怪しいと思われる被告人に、有罪を立証する直接的証拠がないという理由で無罪判決を出した。従来であれば状況証拠の積み重ねで有罪判決が出たであろう事件が、裁判員制度下であったために無罪となったのである。二審以降も、市民の判断を尊重するという発想の許、無罪判決を追認した。かくして、もしかしたら本当は真犯人だったかもしれない灰色の人物たちが、無罪放免で社会に戻ってくるようになった。

こうした傾向を市民は、初めのうちは是とした。裁判官と検察官の阿吽《あうん》の呼吸で有罪判決が下る、旧態依然とした裁判をようやく打破することができたと識者たちは語った。かつては一度起訴されてしまえば、有罪判決が下る確率は九十九パーセントを超えていた。その中には直接的証拠もなく、単なる状況証拠だけで有罪とされた被告人も少なくなかった。そしてそうした捜査と裁判では、冤罪をいくつも生み出した。後にDNA鑑定などで、無実が証明された冤罪は、まだましである。「実は無実でした」という冤罪事件を見るにつけ、他にもまだあるのではないかという疑惑が市民の胸の裡にはふつふつと湧いていた。

そんな社会の空気に従った結果の、無罪判決の多発だった。日本は密室裁判を一掃し、真の意味での民主国家に一歩進化したかのようだった。

ところが、現実がそのような達成感を裏切った。無罪判決で社会復帰を果たした人たちが、同種の犯罪事件を起こす例がいくつも見られるようになったのだった。

直接的な証拠がないからと無罪になったにもかかわらず、また同じような事件を起こすのだから、以前の事件でもやはり犯人だったのだろうと誰もが考える。一度逮捕しておきながら、誤った裁判が行われた結果、殺人犯がふたたび社会に戻ってきてしまったのだ。とりわけ、新たな被害者の親族は憤りが納まらなかった。犯罪者に恩情をかけたりするから、子や妻が起きるはずのなかった犯罪の犠牲になるのだ。テレビカメラの前でそう訴える人が、何人も現れた。

人権派の発言力は、徐々に小さくなっていった。いくつもの不幸な事件が発生するにつれ、市民の本音は逆のベクトルに向き始める。冤罪があるかもしれないが犯罪者がきちんと罰せられる世界と、冤罪がない代わりに殺人者が無罪で社会に戻ってきてしまう世界。果たしてどちらが好ましいかと問われたとき、前者を望む人がいつしか圧倒的多数になっていたのだった。

ここに至り、判決の傾向は大きく変容した。疑わしきは罰する。しかもただそれだけではなく、厳罰化を望む声がその傾向に乗っかった。そもそも、厳罰化は裁判員制度が始まる前から望まれていたことだった。そうした市民の〝素朴な感情〟に、裁判員は実直に応えるようになったのである。

従来であれば、確実に死刑判決が出るのは三人以上殺した場合に限られていた。被害者がふたりの場合はケースバイケース、被害者がひとりだったらまず死刑判決は出ないというのが〝相場〟だった。しかしこの相場には、法的根拠がなかった。単なる傾向に過ぎず、昭和四十年代後半までは人ひとり殺したら死刑というのが常識だった。

だがやがて高度経済成長期を経て、経済大国としての体面が整うと、死刑判決の数は激減する。おそらくこれは、先進国の仲間入りをしたという自負と無関係ではない。そうした歴史的経緯が明らかになると、結局外国に対していい格好をしたかっただけなのか、日本には日本の国情があるのではないか、といった声が聞かれるようになった。

現実問題として、同じ殺人事件でも殺意の有無によって判決の軽重が左右されるという判断論拠は、法律に詳しい人ならともかく、一般市民にはわかりにくかった。計画的殺人より衝動的殺人の方が罪が軽いのはなぜか？　あるいは人をふたり殺した場合でも、同時に殺した場合と間を空けて殺した場合では、後者の方が罪が重いと考えられる。それもまた、市民には理解できなかった。そんな〝わけのわからない〟裁判よりも、かつての人ひとり殺したら死刑という判断の方がよほど理に適っている。社会の空気は、そうした意見に集約されたのだった。

試行錯誤を経た結果、死刑判決の揺らぎはなくなった。人ひとり殺したら死刑。このルールはわかりやすく、市民に歓迎された。国際的には囂々たる非難を巻き起こすことになったが、「日本には死んでお詫びをするという文化がある」と言い張ることで押し通した。今世界的にも有名なハラキリの文化がここで持ち出され、諸外国を納得させてしまった。

や、死刑は日本の文化として認知されている。フジサン、ゲイシャ、シケイ。これが、平均的外国人が持つ日本のイメージだった。

4

CTスキャンの結果、脳に異状がないことが確認された。被害者の所持品を改めたところ、財布や鍵といった身の回りの物が見当たらなかった。本人に確認できないので最初から持っていなかった可能性は否定できないが、常識的に考えて大の大人が財布ひとつ持たずに出歩いているとは考えにくい。強盗目的で被害者と接触した犯人が、顔を見られたために口封じで残虐な攻撃を加えたという推理が成り立つ状況だった。

署に出てきた課長に電話でそれらのことを報告すると、次は被害者が発見された現場に行ってくれと命じられた。区内にある、比較的大きな公園で被害者は見つかった。遊歩道に横たわっていた被害者が発する呻き声を、公園に沿って延びる道を歩いていた近隣の住民が耳にした。その声の異様さに何事かと植え込みを掻き分けて覗いてみたところ、目から血を流している人がいる。驚いて公園内に入り、発見者はさらに驚愕した。その場で一一九番に電話をし、被害者は病院に運び込まれることになったのだった。

ふたたび地下鉄に乗り、公園に向かった。課長の説明によれば、単なる傷害事件扱いはせず、殺人事件並みの現場検証をやるという。だから鑑識課を動員し、被害者発見現場の足跡や遺留品を採取したそうだ。吉川たちがやらなければならないのは、近隣の聞き込みだった。

「ガイシャを傷つけた場所が、公園のそばとは考えられないですよね」

歩きながら、佐貫が話しかけてくる。太った佐貫が吉川の歩く速さに合わせるのは辛そうだったが、それでも口を閉じてはいられないらしい。吉川は息を切らさずに答える。

「自宅でガイシャを痛めつけたとして、そこから血塗《ちまみ》れの人を担ぎ出すところを万が一目撃されたりしたら、一発でアウトだからな。それに、いくら薬物で眠らせてあったとはいえ、効き目が弱くて悲鳴を上げる可能性もある。住宅が密集している地域では、そんな危ないことはしないだろう」

「ですよね。ってことは、どこか遠くでガイシャに危害を加えて、車で公園まで運んだという線かなぁ」

「おそらく、そうだろうな」

聞き込みをするなら、車の目撃情報を集めた方がいい。方針が決まったので、地下鉄車内では言葉を交わさずに無言で過ごした。

発見現場の公園では、すでに鑑識課は撤収していた。現場に残っていた機動捜査隊員が、被害者が見つかった場所から公園入り口まで点々と続く血痕が発見されたことを教えてくれた。それによって、被害者がどこから運び込まれたかが判明した。血痕は路上にも落ちていたが、ある地点でふっつりと絶えている。やはり車で運ばれてきたと考えるべきだった。

被害者が横たわっていた場所には、思いの外に痕跡が少なかった。血溜まりなどはできなかったようだ。医師の話によると、腕を軽く縛って血止めをしてあったという。これもまた、犯人には被害者を殺す意思がなかったことを示す証拠になるのだろうか。だとしたところで、残虐な犯罪であることに変わりはない。

同僚たちが回っていないエリアを教えてもらい、さっそく聞き込みを開始した。被害者が発見されたのは、朝六時少し前のことだった。起きている人は少なくないにしても、路上を通る車に注意を払いはしないだろう。聞き込みは難航すると、吉川は予想した。

半日歩き回り、その予想が当たったことを知った。夜勤明けの体に、半日の聞き込みはなかなか辛い。受け持ち区域すべてを訪問し終えたときには、佐貫も「疲れたー」と弱音を吐いた。

これで収穫があれば、感じる疲労の度合いも違う。しかし目撃証言がゼロでは、空しさもひとしおだった。とはいえそれは、無理からぬことだった。平日の昼間では、仮に何かを目撃した人がいたとしてもそれぞれの職場に出勤してしまっている。今日の夜にまた改めて出直し、職場から戻ってきた人たちに話を聞かなければならなかった。

一度署に戻ると、署長が捜査本部設置を本庁に要請することを決めたと聞かされた。殺人ではない傷害事件で捜査本部を設置するのは、異例中の異例だ。それだけ社会に与える影響が大きいと判断したのだろう。マスコミで大きく取り上げられることを思えば、ここは本庁に乗り出してもらった方が安心ではあった。

「夜勤明けでご苦労だったな。いったん家に帰るなり、仮眠室で寝るなりして、夜に備えてくれ。捜査本部《チヨウバ》が設置されることになったら、呼び出す」

課長がねぎらってくれた。その言葉に甘え、自宅アパートに帰ることにする。佐貫は一刻も早く寝たいので、このまま仮眠室に直行するそうだ。わざとらしくよろよろと歩く後ろ姿を見送り、吉川は署を出た。

自宅として借りているアパートまでは、電車でふた駅の距離だった。家族がいるわけではないので、特に誰かに連絡する必要もない。掃除をしていない埃臭い部屋に帰り、湿っぽい布団に倒れ込んで寝るだけのことだ。吉川の同期や警察外の友人たちはほとんど皆結婚して家族持ちになっているが、彼らを羨ましいと感じる気持ちはない。布団に入ってしまえば、よけいなことは考えずに直ちに眠りに就くことができた。

5

やはり捜査本部が設置されることになり、夕方から会議が始まった。本庁の捜査一課から乗り込んできた刑事たちと、顔合わせをする。吉川は近藤《こんどう》という五十絡みの刑事と組むことになった。小柄で目尻に皺を寄せて笑う近藤は人がよさそうだが、単なるいい人に本庁捜一の刑事が勤まるはずもない。こうした刑事は容疑者に接する際の様々なテクニックを持っていることを、吉川は知っていた。

被害者本人が何も語れないので、未だに身許の特定すらできていなかった。そのため、せっかく捜査本部を設置したのはいいものの、方針らしい方針は立てられずにいた。被害者発見現場周辺の聞き込みに注力することを確認し、各自出発する。だが夜の聞き込みでも、特筆すべき成果はなかった。

翌日、近藤とともに署を出た後で、吉川の携帯電話が鳴った。かけてきた相手の電話番号に心当たりはない。そのまま出ると、先方は日本女子医大の医師だった。携帯電話の番号を書いた名刺を残してきたので、それを見てかけてきたようだ。

「今、よろしいでしょうか」

医師は遠慮がちに確認する。むろん、どんな状況であろうと医師からの電話を後回しにできるはずもなかった。

「かまいません。どうしましたか」

「昨日の重傷患者が、刑事さんに会ってもいいと言っています。お会いになりますか」

「意思確認できたんですか。どうやって?」

真っ先に湧いてきた疑問が、それだった。いったい医師は、あの状態の人とどのように言葉を交わしたのか。

「電話で説明するより、見ていただいた方が早いと思います。いらしていただけますか」

「もちろん、伺います」

電話を切り、こちらに目を向けている近藤に内容を説明した。近藤は表情を変え、「そいつは話が早いじゃないか」と言った。

「こんなひどいことをする奴が、行きずり犯のわけない。ガイシャと面識があるんだろうから、相手の名前を聞ければそれで解決だ」

近藤は声を弾ませていた。組んだ相手がよかったと、己の幸運を喜んでいるのかもしれない。吉川も、捜査が長期戦になることを覚悟していたので、この報せは単純に嬉しかった。本庁が出てくるまでもなかったかもしれないと、密かに思う。

捜査本部に一報を入れてから、病院に向かった。受付で病室の番号を聞き、エレベーターに乗る。目指す病室のドアをノックすると、中から女性の声で「はい」と返事があった。看護師だろうかと思いながら開けると、ベッドの横に三十歳前後の女性が立っていた。

「警視庁の近藤といいます。失礼ですがどちら様で」

近藤が先に名乗って、尋ねる。相手は一礼してから、ちらりとベッドに横たわる男に目を向けた。

「ノアキの妻です。ノアキチカと申します」

家族が来ていたのか。吉川は軽く驚いたが、考えてみれば身許が判明したなら警察より先に家族に連絡するのが当然だ。この怪我人はノアキというらしい。ようやく、何も意思表示できない人にも人格やそれまでの生活があるのだということが実感できた。

ベッドに横たわる人は、こちらのやり取りが聞こえているのかいないのか、身動きひとつしなかった。目許に包帯を巻いているので、表情がよくわからない。身許が判明しているなら、まずこの妻に話を聞いた方がいいと吉川が考えていたら、近藤も同じ判断をした。

「もしよろしければ、そこのロビーでお話を伺わせていただけないでしょうか」

「はい、わかりました」

ノアキチカは身を屈め、ベッドに横たわる人の耳許で「ちょっと行ってくるね」と囁く。男はわずかに首を動かしたので、どうやら眠っていたわけではないようだ。

病室を出てロビーに行く途中で、ノアキチカはナースルームに声をかけた。その様子を見て、指を失ったノアキはナースコールのボタンを押すこともできないのだといまさら気づいた。妻であるチカはさぞかしショックであろうに、取り乱さずにいる。大変な精神力だと感嘆した。

まだ面会時間になっていないので、ロビーには誰もいなかった。窓際の席に坐り、改めて名刺を差し出す。チカは「よろしくお願いします」と言ったきり、幾分俯き気味に目を伏せた。小柄で顔が小さく、かわいいと言ってもいい容貌である。だが今は、あまりの衝撃に生気を失ったのか、疲れた三十女に見えた。

近藤がわずかに身を乗り出し、質問を開始した。

「旦那さんのフルネームを教えていただけますか」

「はい。ノアキシンヤ。野原の野に明るい、慎重の慎に也《なり》と書きます。私は千《せん》の佳《よし》です」

野明慎也。千佳。そう、手帳に書き留める。

「旦那さんのご職業は？」

「ファッションデザインの会社をやっています。夫自身もデザイナーです」

「会社をやっている？　ということは社長さんですか」

「そうです。ただ、従業員十人の小さい会社ですが」

「そうは言っても、立派なものです。では、社長が突然いなくなって、会社は大変なんじゃないですか」

「はい、そうですね。会社は実質、夫のデザインだけが売り物でしたから。夫があんな体になってしまっては、もうこの先……」

直視したくないはずの現実に言及して、千佳は声を震わせた。口許にハンカチを当て、しばし嗚咽をこらえている。ただのサラリーマンであっても目や指を失うのは辛いが、己の才能一本で生きている人にとっては、通常の感覚以上に過酷なことかもしれない。野明慎也の職業を知った上で加えた攻撃ならば、やはりそこには犯人の滴るような悪意が滲んでいると考えるべきだった。

近藤は、千佳の気持ちが落ち着くまで充分に待ってから、質問を再開した。

「旦那さんの行方がわからなくなったのはいつですか」

「……私にはよくわかりません。おとといはいつもどおりに家を出て、会社に行ったんです。でも、帰ってきませんでした。そんなことは初めてだったので、いったい何が起きたのかわかりませんでした」

そういうことであれば、元気な野明を最後に見た人は社員ということになるだろう。社員全員に質問をする必要があった。

「ええと、訊きづらいことではありますが」そう前置きして、近藤は自分の頬を掻いた。「旦那さんの怪我については、電話でお医者さんから聞いたのですか。それともこちらに駆けつけてから知りました？」

「ここに……来てからです」

「さぞや驚かれたでしょう」

「はい」

「こうまでされる心当たりはありますか」

「いえ、ぜんぜん。そんな、ぜんぜん……」

このときだけは、すべてを拒絶するように千佳は強く首を振った。まだ混乱しているだろう妻に、夫に恨みを持つ者の心当たりを訊くのは早いようだ。近藤も同じ判断をしたのか、以後は住所や年齢など基礎的なデータを尋ねることに終始した。それらを聞き終え、千佳への質問はいったん切り上げた。

病室に戻ろうとすると、ナースルームから白衣の男性が出てきた。この人が電話をくれた担当医のようだ。挨拶をして、野明の状態を訊く。精神的には特に動揺を示していないが、内心までは計り知れないと医師は言った。

「ショックでないはずはないんです。今はまだ、現実を受け止め切れていないだけかもしれません。あまりに過酷な状況は、数日経ってからの方が大きいダメージを受けたりするんです」

なるほど、そういうものなのかもしれない。ならば落ち着いているうちに、話を聞いた方がよさそうだ。しかし、喋れず筆談もできない相手と、いったいどうやって言葉を交わしたのか。

「野明さんは、自分の名前をどういうふうに伝えたのですか」

近藤が質問する。医師は病室の方を見て、「実際にやってもらいましょう」と答えた。

「難しいやり取りはできません。ごく簡単なことだけです。ただ、意思の疎通はできます」

医師はそう説明してから、病室に入っていった。「野明さん、どうですか」と声をかけている。質問に対して頷くことはできるので、医師はすべてイエスかノーで答えられる質問をした。指は痛まないか？　体はだるくないか？　吐き気はないか？　すべての問いかけに、野明は首を振った。

「では、刑事さんが来ているのでいろいろ答えてもらいます。大丈夫ですか？」

医師が問うと、野明は頷いた。医師はそれを受けて、足許に置いてあった画板を取り上げた。そして可動式のベッドを動かして野明の上半身を起こし、二本のゴムチューブを右腕の肘の辺りに縛りつける。最後に、そのゴムチューブで固定するように鉛筆を差し込んだ。

野明が肘を曲げると、鉛筆の芯の側が突き出る形になった。これと画板の画用紙を使えば、取りあえず簡単な筆談はできる。そうか、このようにして野明の身許と連絡先を聞き出したわけか。医師の機転に感心するとともに、野明は今後このような方法でしか意思伝達できないのだなと痛感した。あまりにも憐れで、見ているのが辛い光景ではあった。

「野明さん、警視庁の近藤といいます。このたびのこと、本当にお気の毒に思います。野明さんをこんな目に遭わせた奴は、私たちが必ず捕まえます。ですので、お辛いでしょうがぜひ協力してください」

近藤が話しかけると、野明は大きく頷いた。近藤はいきなり、肝心なことを尋ねた。

「誰がこんなひどいことをしたのか、あなたは知っていますか」

相手の名前を書いてもらおうという意図の下《もと》の質問だった。少なくとも近藤は、イエスノーで答えられる質問をしたつもりはなかったはずだ。しかし野明は、静かに首を横に振った。

「えっ？　わからないんですか。犯人の顔を、あなたは見てないんですか？」

今度の問いかけには、野明は頷いた。近藤は思わずといった体で、吉川の顔を見た。吉川も驚きは同じだった。

「では、どんなふうに襲われたんですか」

この質問は、答えるのが少し難しすぎた。野明は苦労して、画用紙に「うしろからくすり」と書いた。いきなり背後から薬品を嗅がされ、意識を失ったという意味だろう。だから相手の顔を見ていないのか。

では、この口封じはなんのためか。犯人は、野明が知っている何かを語られることを恐れたのだろうか。

「野明さん。犯人はあなたに喋られては困る何かがあったようです。だからこんなひどい真似をしたのでしょう。あなたはいったい、どんな秘密を握ってるんですか」

近藤は身を乗り出し、ベッドに手をついた。野明はしばし考えるように動きを止めたが、やがて小刻みに首を振った。

「それはどういう意味ですか。知らないという意味ですか？　それとも言えないんですか？」

近藤の質問を受けて、野明はまた肘で筆談しようとする。自分の尋ね方が悪かったと気づいた近藤は、訊き直した。

「秘密など知らないのですか?」

今度ははっきり、野明は頷いた。近藤はベッドから手を離し、ゆっくりと身を起こした。野明は通常の意味での表情を失っている。だから見ていても、嘘をついているのかどうかはわからない。ただ、こんな目に遭ってまで隠すことがあるとは考えにくかった。野明は白を切っているのではなく、口を封じられなければならない秘密など本当に握っていないのではないか。

しかし、ならばなぜ、野明はここまでのことをされたのだろう。犯人の意図がわからなくなった。

「すみません。今日はこの辺で終わりにしましょう。野明さんも疲れているようなので」

医師が割って入り、質問は打ち切らざるをえなくなった。その言葉どおり、野明はぐったりとベッドに体をもたせかける。「失礼しました。ゆっくりお休みください。またお邪魔します」との近藤の言葉を最後に、吉川たちは病室を出た。

6

「どう思う？」

病院を出たところで、近藤がたばこを吸いたいと言うので、ひと休みすることにした。花壇の縁に腰かけ、近藤は自分の携帯用灰皿を取り出す。吉川はたばこを吸わないため、近くの自動販売機で缶コーヒーを買った。

近藤が尋ねているのはむろん、秘密など知らないという野明の反応についてだった。吉川は瞬時に頭を整理して、答えた。

「考えられることはいくつかありますね。ひとつ、ガイシャは本当に何も知らない。ふたつ、知っているが答えない。三つ、秘密を知っているという自覚がない」

「そんなところだろうな。で、あんたの感触は？」

「嘘をついているとは思いません。職業がファッションデザインなら、仕事絡みで是が非でも守らなければならない秘密があるとは考えにくいですし」

「おれも同意見だ。実際に見てみるまでは半信半疑だったが、あそこまでやられても守らなきゃならない秘密があるとは、ちょっと思えないね。指の一本くらいならまだしも」

「そうですよね」

吉川は一度治療直後の様子を見ているが、それでもやはり自分の意思を伝えようとする野明の姿は衝撃だった。人間を生かしておいたまま、意思を伝達する手段だけ奪うなどという行為は、まさに鬼畜の所行と言うしかない。野明の絶望の深さを思えば、刑事に嘘をついてまで隠していることがあるとは考えにくかった。

「となると、本当に何も知らないのか、知っているけどそれが喋っちゃいけないこととは思っていないのか、どっちかになるな」

近藤は灰皿に落とした灰を覗き込むようにして言う。徐々に元気がなくなってきたのは、事件の陰惨さが改めて実感されたためだろう。吉川も、もうしばらくこのまま坐っていたい心地だった。

「秘密を知っている自覚がないなら、聞き出すのは難しそうですね。あの筆談では、ごく簡単なことしか伝えられないですから」

「いっそひと思いに殺さなかったのは、死刑になりたくなかったからだろ。ふざけた話だな。そんな奴こそ、死刑にしちまえばいいんだよ」

近藤は吸い殻を灰皿に入れ、音を立てて蓋を閉めた。その荒い動作に、近藤の怒りが仄見えた。

「あんたが子供の頃には、ふたり殺しても死刑にならないことがあったんだ。あった、というより、ほとんどそうだったと言ってもいいな。人をふたりも殺して死刑にならないんだぞ。信じられるか？　あの頃に比べりゃ、今はずっとわかりやすくてすっきりしてるよ。でも、こういう残虐なホシを死刑にできないようじゃ、まだまだだよな。相手を殺してなくても死刑ってことにすりゃ、世の中もっと平和になるんだよ」

近藤は極論を口にするが、野明の状態を見れば賛成する人も少なくないだろう。死刑廃止論を唱えようものなら、いかがわしい宗教でもやっていると見做される世情である。近藤の考えは、あながち過激とも言えなかった。

「さあ、帰って報告するか」

近藤は自分を鼓舞するように言って、立ち上がった。吉川は死刑についての意見を求められなかったことに安堵して、缶コーヒーを飲み干した。

昼過ぎに、本庁の管理官が記者会見を開いた。それを受けて、マスコミはいっせいにこの事件を報じた。直後のネット記事は単に事件の概要を述べただけだったが、夕方頃になると識者の意見がいくつか出てきた。吉川は聞き込みの合間に、それらを斜め読みした。

捜査本部は事件についての見解を表明していないのに、犯人が死刑を免れるために被害者の命を奪わなかったのだという推理が大勢を占めていた。死刑制度が絡んでくると、賛成派も廃止派も論調が熱くなる。こうした場合、通常は賛成派の勢いが強いものだが、今回に限っては廃止派の意気が揚がっていた。

これは今の時代の犯罪だ、というのが廃止派の意見だった。以前のような穏健な社会であれば、死刑を免れるためという発想は生まれず、従ってこんな残虐な事件も起きなかった。なんでもかんでも死刑などと乱暴な社会にしてしまったから、その抜け道を探して犯罪はますます狡猾になっていく。現代の裁判は言わば〝北風〟である。罪を犯した人に恩情をかけないから、犯罪者も反発する。近視眼的な報復感情に身を任せず、〝太陽〟の気持ちで犯罪と向き合う方が、結局は社会平和の維持に大きく貢献するのである。

いくつかの記事を拾い読みした限りでは、これらが死刑廃止派の総合的な意見だった。特に目新しさはないが、野明の事件が彼らの論を補強した形になっている。かってのように死刑判決がめったに出ない時代ならば起きない事件であることは確かなので、皮肉なことにこの残虐性が廃止派にとっては大きな〝武器〟になっていた。その主張の裏には、「被害者は殺されていた方がましだった」という本音が隠されているわけだが、論者のひとりとしてそんなことは表立って言わない。言われずとも誰もが思うことだからか、その点を責め立てる人もいなかった。

一方、死刑賛成派にとっても、奇妙なことにこの事件はさほど不都合ではなかったのだった。賛成派の意見は、近藤が言ったこととほぼ同じだった。この事件によって、日本の死刑基準がまだまだ甘かったことが明らかになった。死刑とは、人の尊厳を守るための制度である。人ひとり殺せば死刑などという単純なものではなく、その罪の重さをこそしっかりと見極めなければならない。我々が安心して暮らせる社会を保つためには、死刑の犯罪抑止力をさらに増強する必要があるだろう。

早い話が、この事件の犯人も死刑にしてしまえという意見が、識者に留まらず一般人からも澎湃《ほうはい》として表明されたのだった。もし自分が被害者と同じ目に遭ったら、という恐怖は、多くの人を極論へと走らせた。廃止派が勢いづいているだけに、賛成派の過激さもまた際立っている印象だった。

こうした論争を見るたびに、お前の意見はどうなのだと吉川は自問する。吉川は死刑廃止派ではないが、警察官としては珍しくごりごりの賛成派でもない。どちらともまだ決めかねている、というのが正直なところだった。

十年前、まだ大学生だった吉川には、姪がいた。年の離れた姉の生んだ子供だったので、当時すでに五歳になっていた。吉川にとっては初めての姪で、生まれたばかりの赤ん坊のときからその成長を見守っていた。他人の子供ではなく、自分の身内の子供はこんなにもかわいいものかと、叔父という立場になって初めて実感していた。

五歳ともなると、意思の疎通は充分にできる。叔父がどういうものかも理解していて、姉が子連れで実家に戻ってくるたびに、遊ぼう遊ぼうとじゃれついてきた。普通の大学生だった吉川にとって、子供に懐かれる経験など初めてだったので、姪のそんな開けっぴろげな親愛の情は目新しく、またいとしかった。今は無邪気に抱きついてくる姪も、中学生くらいになったら離れていくのだろうなと、遥か先のことを考えて寂しい気分にもなった。

しかし、姪が中学生になる日は来なかった。あるとき、姪の人生は不条理に絶たれたからだ。

幼稚園の遠足でのことだった。親子でこども動物園に行くという催しで、姪も姉と一緒に参加した。姉はどちらかといえば警戒心の強い方だったので、ふだんであれば自分の娘から目を離したりはしなかった。だが行った先は牧歌的な雰囲気のこども動物園で、周りを見回しても知った顔ばかりである。先生に引率されているのだから危険はないだろうと、ついお母さん同士のお喋りに興じてしまっていた。

小動物広場での遊びを切り上げ、ポニー乗り場に移動しようとしたときだった。人数を数えた先生が、ひとり足りないと青ざめた顔で訴えた。母親たちはそれぞれ、慌てて自分の子供の許に走った。見つからなかったのは、姪だった。

遠足どころではなくなった。手分けして先生と母親総出で姪を捜した。動物園の職員にも応援を頼み、それでも見つからなかった三十分後には警察に通報した。五歳の子供が、親や友達のいる場からひとりで離れ、園外に出ていくわけがない。園内で見つからないからには、犯罪に巻き込まれた可能性が高かった。

不安は、あまりにも不幸な形で的中した。姪はいなくなって二日後に、荒川《あらかわ》の河川敷で死体となって発見された。姪は衣服を着ておらず、その股間は裂傷を負っていた。考え得る限りで最悪の結果だった。まさに、悪夢としか思えなかった。世の中に不幸なことは起こるものだと頭では理解していても、自分の身内にそれが降りかかるとは想像もしない。実際に姪が惨たらしい姿で発見されても、現実と認識するのは難しくて、吉川はいつまでも白昼夢の中にいた。心地よさなどかけらもない、決して抜け出せない悪夢のただ中だった。

姉夫婦の悲嘆ぶりは、見るに堪えなかった。姉は短期間に十キロも痩せ、幽鬼のような姿になった。義兄は犯人への憎しみだけが体を支えているかのように、ぞっとする目つきが常態の人になった。吉川も怒りと悲しみに押し潰されそうになっていたが、ふたりの姿を見れば冷静にならざるを得なかった。一緒になって怒り狂ったところで、姉たちの苦しみをより深くするだけだとわかっていた。

犯人はあっさり捕まった。動物園の入り口で、その姿を目撃されていたのだ。三十歳代の男がひとりでこども動物園に来て、手には大きいボストンバッグを持っていれば、いやでも印象に残る。性犯罪者リストの中から目撃証言に似ている容姿の男を割り出し、警察が訪ねると、男は逃亡を謀《はか》った。警察が来たら慌てて逃げ出すところからして、計画性などかけらもない稚拙な犯罪である。単に自分の異常性欲を抑えられなくなり、短絡的に及んだ犯行だった。

吉川は姪が死体で発見されたときから、犯人を自分の手で殺してやりたいと思っていた。いきなり背中に抱きついてきた姪の重み、手を繋いで歩いたときの掌の小ささ、些細なことでもけらけらと笑う陽気さ、寝ている横顔の得も言われぬ愛らしさ、それらがすべて唐突に奪われた悲しみは、復讐程度ではとうてい癒されない。それでも相手の命を奪うことくらいしか、この無念を晴らす手段は見つけられなかった。

もちろん、復讐などできるわけがなかった。日本は法治国家である。警察が機能し裁判制度があるのだから、犯人の処罰はそれらに委ねるしかない。現に警察はあっという間に犯人を逮捕し、裁判所に送り込んだ。裁判では当然のように死刑が宣告された。

犯人側が控訴したので時間がかかったが、それでも事件から三年後に死刑は執行された。吉川が心底望んだ、犯人の死だった。犯人が死刑になりさえすれば、頭の上に垂れ込めていた暗雲が晴れると信じていた。しかし実際には、何も変わらなかった。

むしろ吉川は、人生の張りを失ったようにも感じた。事件以後の吉川は、犯人への憎しみだけを支えに生きていたのである。だが死刑によって、その支えは失われた。残ったのはどうにも形容の難しい空しさだけだった。

空しいと感じるのは、自分が親ではないからだろうか。吉川はそう考えた。姉夫婦は犯人が死刑になることで、いくらかでも救いを覚えているのか。尋ねてみたかったが、いくら姉弟間でもあまりに無神経すぎる質問である。疑問は胸の裡に留まり、だからこそよけいに宙吊り感が強かった。犯人の死刑が遺族に何をもたらすのか、吉川は未だに知らずにいる。空しさだけではないことを、強く願うのみだった。

死刑に反対はしない。さりとて、死刑を万能の解決と無邪気に信奉することもできない。どちらとも決められない自分を、吉川は恥じている。吉川が結婚して家族を持とうとしないのは、その引け目のせいだった。もし自分の子供や妻が殺されたらどう感じるのか。何を望むのか。死刑がすべてを解決するわけではないと知ってしまったからには、答えを見つけようがない。答えが見つからないうちは、家族を持つ勇気は湧いてこなかった。

7

事件当夜の野明の足取りが判明した。野明は他の社員を先に帰して、ひとりで残業していたという。妻の千佳が野明から聞き出してくれたところによると、オフィスビルのエレベーターホールで襲われたそうだ。その情報を受けて、事件当夜のオフィスビル周辺の聞き込みも行われることになった。

それと並行して、野明に恨みを持つ者をピックアップする必要があった。野明当人に訊ければいいのだが、そうもいかない。やむを得ず、千佳に警察署まで来てもらい、話を聞いた。聞き役は、すでに面識があるということで吉川・近藤コンビに任された。

「なかなか答えにくいこととかとは思うんですが、旦那さんのためですので、包み隠さず教えてください。旦那さんを恨んでいる人に、心当たりはありますか」

署の応接室で向かい合い、近藤がそう切り出した。呼び出す際に質問内容は伝えてあるので、千佳も特にためらう様子はない。むしろ事前に答えを用意してあったらしく、複数の名前を書いたメモを取り出した。

「まず最初にお断りしておきたいのですが、主人はごく真っ当な生活を送っている人ですから、恨みを買うような真似はいっさいしていません。一応名前を挙げてはみましたけど、この人たちが主人をあんな目に遭わせるほど憎んでいるとは思ってないんです。少しでも捜査に協力したいからあえて名前を出すので、この人たちが怪しいと考えているわけじゃないのはご理解ください」

「もちろんです。おっしゃることはよくわかります」

「それと、恨まれていると考えて私と主人が名前を挙げたのだと、相手の人にはバレないように尋問に行っていただけますか。今後のこともありますので」

「配慮します」

容疑者として扱われるのがわかっていながら知人の名前を挙げるのだから、慎重になるのは当然だが、千佳が賢い女性だということもその物言いから感じられた。野明が指示できる状況ではないから、これらの念押しは千佳の考えに基づいているのだろう。今後生きていくためにサポートが必要な野明にとって、こんな賢い女性が妻なのは不幸中の幸いだと吉川は考えた。

千佳は三人の名前を挙げた。それぞれに、なぜ野明を恨んでいるかもしれないと考えるかの理由も教えてくれる。吉川はさっそくその名前を控えて応接室を出、捜査本部に持ち帰った。本庁捜査一課の係長が、その三人の許に行く刑事の割り振りを決める。吉川たちも、ひとり担当させてもらった。

吉川たちが受け持ったのは、三崎幸介《みさきこうすけ》という名の男性だった。野明が服飾デザインの専門学校に通っていたときの同級生で、同じくデザイナー志望だったが、現在は中規模のアパレルメーカーに就職しているという。今やファッションデザイナーとしてその名が売れ始めている野明に比べ、三崎は夢を叶えることができず、さほど知名度もないメーカーの量産品をデザインすることに留まっている。かつては机を並べて学んだはずの同級生と圧倒的に差がついてしまったことに、三崎は鬱屈した思いを抱いているとのことだった。

『以前に同窓会で会ったとき、妬んでいることを隠そうともしないで強烈な嫌みを言ったんだそうです。野明は相手にしなかったらしいですが、もしかしたらそんな態度が恨みを買ったのかもしれません』

千佳は三崎の名前を挙げた理由を、そう説明した。なるほど、それならば目を潰し指を切り落とす動機にはなり得る。話を聞く限りでは、有力な容疑者のひとりだった。

三崎幸介の勤める会社を訪ね、受付で用件を告げた。そのまま応接室に案内され、しばし待つ。十分ほどして、男性が姿を見せた。

「私が三崎です」

頭を下げた男性は、いかにもアパレル系の仕事をしている人らしく、垢抜けた雰囲気だった。二十代男性が好むような服を着ているが、若作りには見えず、むしろ清潔感を見る者に与える。吉川にはとうてい着られない華やかな色合いの服で、三崎のセンスのよさを窺わせた。

「お仕事中に突然お邪魔して、申し訳ありません」

近藤が詫びると、三崎は気さくな調子で「いえいえ」と言った。

「野明があんなことになったんですから、昔の知り合いであるぼくのところに刑事さんが来ることは予想してました。ひょっとすると、容疑者なんですかね？　まあ、いろいろ訊かれるのは仕方ないと諦めてますから、どうぞ始めてください」

三崎の態度は堂々としたものだった。疚しいことなどひとつもないとばかりに、あえて開けっぴろげに振る舞っているようにも見える。容疑者候補の態度としては珍しくもないので、近藤は特に表情も変えずに質問を開始した。

「野明さんの事件は、いつ知りましたか？」

「ニュースで見ました。ひどい事件だなと思ったら、被害者が知り合いなんで驚きましたよ。せっかくデザイナーとして名が知られてきたのに、あんなことになったらもう仕事を続けるのは難しいですよね。ぼくなんかは雇われデザイナーですけど、それでも目や指を奪われたらと思うとぞっとしますよ。野明が今どんな気持ちでいるのか、想像もつきません」

　三崎はぺらぺらとよく喋る。それは隠したいことがあるからなのか、それとももともとそういう性格なのか、まだよくわからない。

「野明さんと連絡はとってないんですよね」

　近藤は続けて尋ねる。三崎は気障《きざ》ったらしく肩を竦めた。

「そういう仲じゃないですからね。ぼくらが仲良しだと思って、聞き込みに来たわけじゃないでしょ。ぼくがあいつのことを僻《ひが》んでたって話は、すでに耳に入ってるんですか？　どうせ誰かが言うだろうから認めるけど、僻んでましたよ。そりゃあ、誰だって今の野明のことは羨ましいですよ」

　存外に三崎は正直だった。調べればわかることを隠していては、心証が悪くなると計算したのだろうか。正直に話しているように見える人は、実は隠したいことがある場合も多い。三崎は単に露悪的なのか、あるいは言えないことがあるのか、きちんと見極めなければならなかった。

「ずいぶんと率直ですね。でも、僻んでるだけで野明さんを傷つけるような真似はしていない、というわけですか」

　聞きようによっては皮肉が籠っているかのような近藤の言葉だが、淡々と語るのでそんな響きはない。三崎も気を悪くした様子はなく、「そうですよ」と認める。

「野明が仕事ができない体になったからといって、こっちが有名デザイナーになれるわけじゃないですからね。ぼくにはなんの得もないですよ」

「なるほど。確かにそのとおりですね」

近藤は頷いた。近藤がどんな意図で頷いたのかわからないが、少なくとも吉川には、三崎が本音をごまかしているようには見えなかった。どちらかと言えば、三崎はそうしたドライな考え方をする人間ではないか。今のところ、そうした感触があった。

「でも一応、三日前の夜十一時から深夜零時頃まで、何をしていたか聞かせていただけますか」

慇懃な近藤の台詞に、三崎は苦笑を浮かべる。

「アリバイ調べですか。ぼくはやってないと言っても、ちゃんと調べなきゃいけないんですよね。ご苦労様です。といっても、ここのところ毎晩、その時間は家にいますよ。証明してくれるのは家族しかいません。家族じゃ、アリバイを証明したことにはならないんですよね。ということは、ぼくのアリバイは成立しないわけだ」

「ご家族の証言を頭から疑うわけではありませんが、第三者の補強があれば望ましいのは確かです。誰かから電話がかかってきたりはしませんでしたか?」

「夜十一時過ぎでしょ。そんな時間に電話してくるような非常識な人は、知り合いにいませんよ。メールくらいはやり取りしたかもしれないけど、それじゃあ家にいた証拠にはなりませんしね。まあ、そんな時間帯のアリバイがある方が怪しいんじゃないですか。普通の社会人は、家にいますよ」

もっともな話だった。あまりにすらすらと答えるので、まるで事前に答えを用意してあったかのようだ。実際、そうなのだろう。賢い男なのは間違いなさそうだった。

「そうですよね。皆さんそうだと思います。では質問を変えまして、死刑制度について何かご意見はありますか？　賛成か反対かなど、忌憚のないご意見をお聞かせいただければと思うのですが」

なるほど、近藤はそんなところから攻めるのか。吉川は少し感心しながらも、表情は変えずに三崎の返事を待つ。

「死刑制度ですか。それ、答えなきゃいけないんですか」

初めて、三崎は言い渋った。言い渋るということは、死刑廃止論者か。今の時代、死刑廃止論を堂々と語るには勇気がいる。ましてその相手が刑事ともなれば、言いたくないのは当然だった。

「死刑には反対ですか」

近藤は追い打ちをかけた。三崎は一度視線を外すと、諦めたように小さく息をついた。

「いや、まあ、どちらかと言えば反対ですよ。ただそれは、自分が死刑になりたくないからという意味じゃないですからね。ぼくはこれでも一応デザイナーの端くれですから、ヨーロッパのトレンドには敏感なつもりなんです。そういう視点からすると、やはり簡単に死刑を乱発する日本は野蛮な国に思えるんですよ。ヨーロッパに行って、日本人だと自己紹介すると、『ああ』って感じでちょっと蔑んだような反応をされるんですよね。それくらい、国際的なイメージが悪くなってるんです。死刑制度に反対したくもなりますよ」

よく言われる、死刑廃止論の論拠だった。それに対する反論も、ほぼ決まっている。欧米人は自分たちこそ先進文化の担い手だと思っているから、違う文化を見下しているのだ。違う宗教、違う死生観があることを絶対に認めない。そんな頑迷な価値観にあえて合わせる必要はないだろう。こうした反論に、日本人の大半は賛同する。

「なるほど、大変参考になります」

ガチガチの死刑賛成派のはずなのに、近藤は特に言い返すことなく、三崎の主張を受け止める。その辺りは、さすがベテラン刑事と感心させられた。

「ああ、ちょっと待ってください。わかりましたよ。隠してたなんて思われたら心外だから、白状しますよ」

近藤があっさり引き下がったことで、かえって不気味に思ったか、三崎は不意にそんなことを言い出した。何を〝白状〟するのかと、吉川は興味を惹かれる。

「ぼくの叔父で、死刑になった人がいます」

これは驚きの告白だった。さすがに近藤も、「ほう」と言って眉を吊り上げる。三崎は捨て鉢になったかのように、早口に続けた。

「殺人です。ぼくら親戚は、殺人じゃなくって傷害致死だと思ってますけど。ただ、殺意の有無はもう問題じゃないじゃないですか。だから傷害致死でも、今は死刑になっちゃうんですよね。怖い世の中だと思いますよ、正直に言えば」

三崎は淡々と、その叔父の名前や起こした事件について語る。吉川は黙ってすべてメモに書き取った。

「まあ、ぼくが死刑に反対なのは、親戚にそういう人がいるからってこともありますよ。でも、それだけです。そのことと野明のことは、なんの関係もないです」

信じてもらえなくても仕方ないとばかりに、三崎は最後は投げやりになっていた。

切り上げて、社屋を出た。少し歩いてから、「どう思う?」と近藤が訊いてきた。

「親戚に死刑になった者がいるって話、関係してると思うか?」

「どうでしょうね」

吉川はワンクッション置いてから、思いついたことを口にする。

「例えば、ガイシャを殺さず残虐な仕打ちをしただけで生かしておいたのは、死刑制度に対する抗議のつもりだった、っていう推理も成り立ちますか」

「抗議か。うーん」

近藤にとって思いがけない指摘だったらしく、難しげに唸って黙り込んだ。そしてしばらくしてから、ぽつりと呟く。

「もし抗議のためにあんなことをしたのだったら、ガイシャにしてみればたまったもんじゃないな。憐れすぎる」

「そうですね」

死刑について考えると、どうしても後味の悪い結論ばかりに辿り着く。だから吉川は、卑怯だと思いつつも思考停止してしまうのだった。

8

野明千佳が名前を挙げた三人だけでなく、他の人間関係も洗い出す必要があり、会社の従業員からも話を聞くことになった。今は会社が休業状態なので、社員が一ヵ所に集まることもない。やむを得ず、刑事たちが分担してそれぞれの話を聞いて回った。吉川たちも、田辺《たなべ》理《おさむ》という人物の許に向かった。

従業員の連絡先は、野明千佳から聞いている。だが事前に電話はせず、いきなり住まいを訪ねた。すでに他の社員から警察が来ることを聞かされているかもしれないが、それでもできるだけ心構えがない状態で喋ってもらった方が本音が出るからだった。

田辺はあまり家賃が高そうではない木造アパートに住んでいた。野明自身は名前が売れて収入もそれなりにあったようだが、その効果はまだ社員にまでは及んでいなかったらしい。呼び鈴を押すと、中で人が動く気配がする。インターホンではないので、やり取りをするならドア越しに話さなければならない。だが中に向かって声をかけるより先に、ドアがいきなり開いた。

「なんでしょうか?」

チェーンがかかったドアの隙間から顔を覗かせたのは、髪がぼさぼさの童顔の男だった。顔が丸く、目が垂れ、頬に肉がついている。あまりに幼い顔立ちなので二十歳前後に見えるが、実際はもう少しいっているのだろう。最近はこうした、いつまでも学生のような雰囲気の人が増えた。経験の積み重ねが顔に表れないというより、そもそも経験らしい経験を積んでいないのではないかと思わせられる幼稚な言動をよく耳にする。この田辺はどんなタイプだろうかと、吉川はその顔つきから推し量ろうとした。

「すみません、警察の者です。野明さんについて、少しお話を伺わせていただければと思って参りました」

ドアの隙間から警察バッジを見せて、近藤は頭を下げる。田辺はバッジと近藤の顔を交互に見て、「ああ」と頷いた。

「そうか。そりゃあ警察の人も来ますよね。話ですか。何分くらいかかります?」

「できましたら十分ほどお時間をいただけるとありがたいです」

「十分か」

田辺は呟いて、少し上方を見上げる。そして頭をガリガリと掻くと、続けた。

「ぼく、今起きたばかりで何も食べてないんですよ。すぐ近くにファミレスがあるから、そこで食べながら話をするってことでもいいですか」

「わかりました。かまいません」

「じゃあ、着替えるからちょっと待っててください」

田辺はいったんドアを閉め、二分ほどで出てきた。しゃれた服を着ていた三崎とは違い、こちらはやはり貧乏学生風である。給料の差なのか、センスの差なのか、吉川にはわからなかった。

田辺は何も言わず、さっさと先に立ってファミリーレストランに向かった。吉川たちは後ろからついていき、三分ほどで見えてきた店に入った。田辺は席に着くと一心にメニューを見て、吉川たちの都合も聞かずに注文をする。吉川たちはドリンクバーからコーヒーを持ってきた。

「野明さんがこんなことになって、驚かれてますか」

近藤はそんなふうに質問を始めた。田辺は半ば俯き気味に、「そりゃそうですよ」と答える。

「誰が聞いても驚く事件でしょ。まして、それが自分の会社の社長に起きたことだなんて、驚くどころじゃないですよ」

「会社はどうなるんでしょうか」

「知らないですよ、そんなこと」不愉快な話だったのか、田辺は語気を荒くした。「うちには社長の代わりを務められるデザイナーなんて、他にいないですからね。社長が仕事できないなら、会社も終わりじゃないですか」

「あなたはそれでいいんですか」

「よくなくっても、仕方ないでしょ。どうしようもないじゃないですか」

怒っているかのような口振りの田辺だが、視線は上げようとしなかった。テーブルの上だけを見つめていて、近藤の顔は見ようとしない。人と視線を合わせて話ができないタイプのようだ。

「会社がなくなるとしたら、再就職しなければなりませんね。他の社員の方と、そういう話はしてますか」

「してますよ」

「こちらの業界のことには疎いものですからわからないのですが、再就職は簡単なのでしょうか」

「簡単じゃないですよ。今どき、どこも厳しいですから。でも、新しい勤め先を探しかないじゃないですか」

「やはりデザイナーの仕事ですか」

「できればね」

「例えば、デザイナーとしての実力がある人は新しい勤め先も見つけやすいとか、そういったことはあるんでしょうか」

テンポよく質問を繰り出す近藤に、無愛想ながらも即答していた田辺だが、不意に黙り込んだ。何を思ったか、爪でテーブルの表面を擦り始める。どうやら苛立っているようだ。

「あると思いますよ。そりゃあ、いくらサラリーマンでもデザインセンスがある方がいいに決まってますから。ぼくは再就職が難しそうだとか、そんなふうに思ってるんですか」

「いえいえ、思ってませんよ。私たちは田辺さんのデザインしたものを見てませんから、わかるわけないじゃないですか」

突然食ってかかられ、さすがの近藤も面食らったようだった。顔の前で手を振って否定する。田辺はますます忙しない動きで、テーブルの表面を擦った。

そこに田辺の朝食が運ばれてきたので、一度やり取りが中断した。田辺は腹が減っていたのか、がっつくように食べ始める。依然として顔を上げようとしないが、近藤はかまわずに質問を続けた。

「田辺さんから見て、野明さんはどんな人でしたか」

「どんなって、そりゃあ優秀な人でしょ。野明慎也っていったら、今の若い子はみんな知ってますよ」

「そうなんですか。私はこのとおりの中年なので、失礼ながら存じ上げませんでした。では、そんな有名な人の許で働けて、満足でしたか」

「まあね。勉強になりましたよ」

「ゆくゆくはご自分も、野明さんのように有名になりたい、と?」

「そりゃあね、ぼくもまだ夢を捨てるには早い年齢ですから」

「では、上司として尊敬していたのですね」

「そうは言いませんけど」

田辺は顔をフードプレートに向けたまま、ぼそりと言う。その反応を、近藤は見逃さなかった。

「おや、尊敬していたわけではないんですか。仕事は評価できても、人間としては好きではなかった、ということですか」

「誘導尋問しないでくださいよ。好きじゃないなんて言ってないでしょ。ただ、一緒に働いてれば好きだけじゃ済まないってことですよ。とはいえ、基本的には認めてましたよ。あなただって、そうじゃないんですか？」田辺はフォークを吉川に向けて突き出して、尋ねた。「あなた、この人の部下でしょ。ずっと一緒にいたら、いろいろな面が見えてきませんか。いやな面を知っちゃったら全面肯定はできないけど、でもまあうまくやってるってところじゃないんですか」

「私は近藤の部下ではなく、単にコンビを組んでいるだけです」

苦笑しつつ、吉川は口を挟んだ。田辺は「あっ、そう」と言ってまた食事を続ける。

「私はもちろん、いやな面もたくさんある凡人です。では野明さんも、私のように欠点の多い人なのですか」

近藤が話を戻した。田辺は首を傾げる。

「普通でしょ」

「普通。つまり特に欠点が多いわけではないけど、人格円満というわけでもない、ということですね」

「そうそう。ごく普通の人。ちょっとワンマンなところもあるけど、それも社長なんだから普通なんじゃないんですか」

「例えば、どんなところがワンマンだったんでしょう」

「ワンマンと言っていいのか……。デザインを貶《けな》されたことは、ぼくに限らず他の社員も何度もありますよ。でも、社長が一番いいデザインを描くんだから、反論もできないですよね。そんなことです」

「そうですか。デザインを貶されて、野明さんを恨んでいる人なんていませんでしたか」

「ああ、すみません。ちょっとオブラートに包んだ言い方をしたかな。無能呼ばわりでデザインを没にされることなんて、しょっちゅうなんです。だからそれをいちいち恨みに思っていたら、野明さんの命がいくつあっても足りないですよ」

そう言ったときだけ、田辺は顔を上げて口許を歪めた。いやな笑い方をする男だった。

9

その夜の捜査会議で、各刑事の聞き込みの成果が発表された。まず、野明千佳が名前を挙げた三人のうち、残りふたりの人物もやはり、アリバイはなかった。つまり三崎も含め、動機はあるがアリバイがない人物が三人いるということになる。まだひとりに絞り込む決定打はなかった。

続けて、社員に当たった刑事が順に発表した。その中で、田辺の名を出す刑事がいたので、吉川はメモを取る手を休めて顔を上げた。

「田辺という人物は先週の金曜に、野明にこっぴどく叱られたそうです。田辺は生活態度がルーズで、しょっちゅう遅刻をしていたらしいですが、野明はそういうだらしなさを許さず、『お前みたいな奴は社会のどこに行っても通用しない』と罵《ののし》ったとのことです。田辺はそのときは神妙な顔をしていたものの、野明が背を向けたときには睨みつけていたらしいです」

刑事の発表を聞き、吉川は田辺の童顔を思い出した。生活態度がルーズだというのは、やはり未だに学生気分が抜けないからか。田辺自身はデザインを没にされると言っていたが、実際はそれ以前の問題だったようだ。自分で言わなかったのは、田辺なりにプライドがあるからだろう。いちいち恨みには思わないとの言葉は、果たして本心だったのか。

もうひとつ、興味を惹く情報があった。会社の事務所に、何者かが侵入した形跡があったというのだ。その話を聞き込んできたのは、佐貫だった。

「事務所は警備会社と契約をしていて、鍵を開けたときには警報システムをオフにしないと、警備会社に自動的に通報が行くようになっているらしいのです。で、その警報システムのオンオフは記録されて、警備会社が一ヵ月間保存します。この記録に、事件翌日深夜の出入りの痕跡が残っていたのです」

「深夜の出入り」

司会役である本庁捜査一課の係長が反応した。いつものように額に汗をかいている佐貫に、係長は質問を向ける。

「その記録では、誰が出入りしたのかまではわからないのか」

「わかりません。単なるシステムのオンオフなので」

「社員に聞き込みに行った人たち。翌日深夜に会社に行ったと話した社員はいなかったか」

全体に問いかけたが、誰も答えなかった。係長は頷いて、続ける。

「よし。では明日もう一度、その点を確認しに行ってくれ。しかし誰も認めなかったら、何者かが後ろめたい目的で事務所に侵入したということになるな。もしかしたらホシの狙いは単なる怨恨ではなく、事務所から何かを盗むことだったのかもしれないか」

係長は言葉にして自分の考えを開陳したが、それを聞くまでもなく、捜査本部にいる一同が同じ推理をしたはずだった。怨恨目的ではなかったとなると、捜査方針が一変する。果たして犯人の目的はなんだったのか。

翌日、社員立ち会いの下に事務所の捜索が行われた。社員は古参の、事務所内のことなら野明よりよくわかっているという四十代の女性である。もしなくなっている物があれば、彼女ならすぐ気づくとのことだった。

大勢で押しかけるわけにはいかないので捜索のメンバーは絞られたが、吉川はその中に加えられた。南青山まで署のワゴンで行き、手袋をして事務所に入る。事務所は五十平米ほどの、ワンフロアのオフィスだった。社員の机は互いに向かい合わせになっていて、窓際にひとつだけ大きい机がある。おそらくそれが、野明の席だろう。机の上に大量のファッション雑誌や布見本が積み上がっているのが、一般のオフィスとの違いを際立たせていた。

一緒に入室して警報システムを解除した女性社員が、まずざっと一望する。どうやら不審な痕跡は彼女の目に留まらなかったらしく、女性社員はゆっくりとオフィス内を歩き始めた。各自の机の上や壁際のキャビネットに目を走らせているが、目立った反応はしない。一周して戻ってくると、小さく首を振った。

「特に荒らされている様子はないです。でも、金庫や重要書類をチェックしてみます」

「お願いします」

捜索リーダーの刑事が答えると、女性社員は頷いて、窓際の金庫に向かった。入り口で待機していた吉川たちも、それをきっかけに中に入る。吉川は手を触れずに、机の上を観察した。

デザイン事務所と言うからには、画用紙や色鉛筆などが散乱しているのではと想像していたが、実際はまるで違った。そのような物はなく、それぞれの机にパソコンが設置されているところを見ると、今やデザインはディスプレイ上ですることのようだ。パソコンは各自が使いやすい物を持ち込んでいるのか、ノートパソコンの人もいれば、デスクトップタイプを置いている人もいる。一番奥の野明の机には、二十インチ超の大きいディスプレイが載っていた。

野明のパソコンにはキーボードとマウスが繋がれているが、それだけでなくサブディスプレイや手書き用タブレット、指紋認証デバイスなども接続されていた。スピーカーも高価な物で、パソコン周りはかなり充実していると言っていい。さすがは売れっ子デザイナーの仕事机といった趣だった。

金庫が開き、女性社員が中身を確認した。紙幣を数え、自分のタブレット端末に入っているデータと照らし合わせている。その結果、金は盗まれていないことが判明した。

続けて重要書類を収納しているキャビネットもチェックしたが、鍵はかかったままだった。とはいえ、野明は無惨な姿で発見されたとき、財布と鍵をなくしていた。犯人は手に入れた鍵でこの事務所に侵入し、キャビネットから必要な物を盗み出すことが可能だった。こじ開けた痕跡がないからといって、何も盗まれていないと断定するのは早計だった。

女性はファイルをひとつひとつ取り出して開いたが、特に気になることはないようだ。五冊ほどチェックしてから、吉川たちの方に向き直る。

「いまさらこんなことを言うのも間が抜けてますけど、ここにある書類そのものを盗まなくても、単にコピーを取れば済む話ですよね。犯人がコピーを取ったかどうかまでは、私にはわかりません」

「ファイルの順番が狂っているとか、そういったことはなかったですか」

捜索リーダーが尋ねる。女性社員は「ありません」とはっきり言い切った。

「それに、この書類は一応重要書類と言ってはいますが、うちの会社で本当に重要なのは社長が描いたデザインですから。一番重要なものは、社長の頭の中にあるんです」

「なるほど」

言われてみればもっともではあるが、ならば犯人はなぜ、わざわざ事務所に侵入したのか。その後は刑事たちも手伝って事務所内を捜索したが、やはり何者かに荒らされた痕跡は見つからなかった。

無駄かもしれないが、一応野明当人にも確認してみることにした。古参の社員にも知らせない、社長しか把握していないこともあるのではないか。そう考えてのことだったが、藁《わら》にも縋る思いといった気分があるのは否定できなかった。

また吉川と近藤が、病院まで行った。事前に千佳にも連絡して、聴取に立ち会ってもらうよう頼んでおいた。千佳がいなければ、細かいニュアンスの部分まではわからないかもしれないと考えたのだ。

病室を訪ねると、ベッドに横たわっている野明が目に入る。起きているかどうか、見ただけではわからないのは相変わらずだ。だがそれは単に目許を包帯で覆われているからではないと、吉川はようやく気づいた。野明の体全体から、生気が感じられないのだ。おそらく野明は、生きる気力を失っている。今の状況を考えればやむを得ないことではあるが、それだけにいっそう、犯人のしたことの残虐さが際立つかのようだった。犯人は単に目や舌、指を奪っただけではなく、人ひとりから生きる気力を根こそぎ消し去ったのだ。それはある意味、殺人にも勝る大罪ではないだろうか。吉川にはそう思えてならなかった。

刑事さんが来たよ、とベッドの傍らにいた千佳が耳打ちした。野明はわずかに首を動かす。寝ていたわけではないようだ。

「すみません、野明さん、近藤です。お辛いところをたびたびお邪魔して恐縮なんですが、少しだけお尋ねしたいことがあるんです。よろしいでしょうか」

近藤がベッドサイドに近づいて、囁くように話しかけた。野明はまた、小さく頷く。近藤は回りくどい表現はせず、直截に尋ねた。

「野明さんが襲われた後に、何者かが事務所に入った形跡があります。おそらく、野明さんの鍵を使ったものと思われます。ですが、何が目的だったかわかりません。野明さんには心当たりはありますか?」

無駄を承知でとはいえ、やはり野明の返答には期待せずにはいられなかった。野明は質問が聞こえなかったかのように無反応だったが、それは考えている時間だったらしく、やがてゆっくりと首を振った。

「心当たりはない、ということですか」

近藤が確認すると、野明は頷く。近藤は乗り出していた身を引っ込め、吉川の方を見た。

その表情には、はっきりと失望の色が浮かんでいた。

「よく考えてみてください。犯人の狙いは野明さんではなく、何かの情報だったのかもしれません。野明さんが持っている情報を犯人は恐れて、こんなことをした可能性が高いです。その情報は、事務所にあったんじゃないんですか。それを世間に知られたら困る人がいるような重要情報を、野明さんは握っているんじゃないですか」

近藤はわずかに語気を強めて、質問を重ねる。捜査会議では、野明が誰かをゆすっていたのではないかという説まで出ていた。犯人は野明を意思伝達できない体にした上で、恐喝のネタを取り返すために事務所に侵入した。状況だけを見るなら、充分に成立する説だった。

しかし野明の銀行口座に不自然な金の出入りはなく、それどころかビジネスでの収入が大変な額に達していることが見て取れた。これだけの収入がある人が、恐喝などに手を染める必要はない。状況をうまく説明する仮説ではあるが、やはり真実は別のところにあるだろうという意見が大勢を占めたのだった。

とはいえ、野明が恐喝をしていなくても、秘密を握られている側がそれを恐れて犯行に及んだ可能性はある。そうなるとその秘密を野明本人に語ってもらうしかないのだが、犯人の思惑どおりと言うべきか、とても語れる状況にない。歯痒さだけが募ってゆくようだった。

野明はのろのろと右腕を上げた。肘を突き出して動かす動作をする。何かを書きたいようだ。すぐに千佳が、手慣れた様子で肘に鉛筆を括りつける。野明が何を語るのか、吉川たちは息を呑む思いで見守った。

千佳が差し出した画用紙に、野明は一字一字、感情を込めるようにして文字を書いた。

くやしい、と。

吉川と近藤は、絶句して何も言えなかった。

病院を出た後も、重苦しい気配がどこまでもまとわりついてくるようで、吉川は口を開く気になれなかった。近藤もそれは同じらしく、無言でたばこの箱を取り出して掲げる。言いたいことはわかったので、頷いて一服するのに付き合うことにした。吉川は前回と同じように、缶コーヒーを自動販売機で買う。

「──生きてりゃいいってもんじゃないよなぁ」

たばこを半分ほど吸ったところで、ようやく近藤は声を発する気になったようだ。空を見上げるようにして、半ば慨嘆気味に言う。

「殺されてた方がましだったんじゃないかって声もあるけど、実際にあの有様を見ると、本当にそうだと思うよ。あそこまでした罪が単なる傷害罪で、殺人よりも罪が軽いなんておかしな話だよ」

「野明さんが、今後生きていく上での新しい希望を見つけられるといいんですけどね」

それがかなり難しいことと承知していながらも、吉川は願わずにはいられなかった。だが近藤は、現実的なことを言う。

「ペンもマウスも持てない、それどころか、自分が何を書いているかも見えない、喋ることもできないから音声入力もできないじゃ、希望の持ちようもないよな。考えられる限り、人が人に対して行う最悪の犯罪だよ。本当に許せねえ」

憤りを露わにして、近藤は中空を睨む。思いは吉川も同じだったが、今の近藤の言葉に記憶の一部が刺激された。野明にとっての困難は、それだけではない。そしてそのことは、犯人にとっての利益となるのではないか……。

「近藤さん、ちょっと思いついたことがあるんで、いったん署まで戻りませんか」

吉川は続けて、自分の考えを語った。聞いている途中で、近藤の目が大きく見開かれた。

10

予定では、そろそろやってくるはずだった。綺麗に舗装された歩道には電信柱も立っていないので、身を隠す場所がない。やむを得ず吉川と近藤は、路上にそのまま姿を曝して相手が来るのを待っていた。こちらの姿を見て逃亡を謀るとは思えない。そこまで自分が追いつめられているとは、まだ気づいていないはずだからだ。逃亡することはイコール、自分が犯人であると認めることになる。刑事の姿を見ていやな予感はするかもしれないが、それだけで新しい仕事を棒に振るとは考えられなかった。

待っていた相手が、吉川たちの視界に入ってきた。何も知らずに、軽やかな足取りで近づいてくる。おそらく彼の胸には、新生活への希望が満ちているはずだ。野明がこの先、決して持ち得ない希望。人の希望を奪っておきながら、自分は新しい人生を切り開こうとしている。そのことが、吉川はどうにも許せなかった。

互いの間の距離が二十メートルほどになって、相手はようやくこちらに気づいた。一瞬足を止め、少し顔を歪めてから近づいてくる。「ぼくに用ですか」と尋ねてくる声には、まだ余裕があった。近藤は一歩前に出て、その余裕を奪う言葉を発した。

「ちょっとお伺いしたいことがあるので、署までご同行願えませんか」

田辺理の童顔が一瞬、醜い悪相に変わった。


「野明さんが生活していく上で困るのは、意思の伝達手段が限られるということだけではありません。ログインパスワードを忘れていたらパソコンからデータを引き出すことができないし、もしかしたら銀行の一部のATMからお金を下ろすことも不可能かもしれません」

所轄署の捜査本部に戻って、吉川は刑事課長に説明した。すでに吉川の推理を聞いている近藤は、手柄はお前のものだとばかりに傍らで黙っている。吉川は手短に続けた。

「野明さんのオフィスに置いてあったパソコンには、指紋認証デバイスが接続されていました。おそらくパソコンを立ち上げるときに、指紋認証をパスしないとログインできないはずです。つまり両手の指をすべて失ってしまった野明さんは、もしパスワードを忘れていたら、自分のパソコンにログインすることすらできなくなってしまったんですよ」

「ああ、なるほどな。だからATMもか。指の静脈で本人確認をするATMもあるからな」

課長は納得して頷く。吉川はそこに、先ほど近藤を驚かせた言葉を被せた。

「そうです。でも、犯人は野明さんのパソコンの中身を見られるんです。野明、野明さんの指を持っているから」

「何？」

課長はすぐには理解できなかったのか、不愉快なことを聞いたように目を眇《すが》めた。不愉快なのは、吉川も同じだった。

「人間の体の一部を認証させるシステムを一般に生体認証と言いますが、虹彩認証や静脈認証と違って、指紋認証には弱点があります。指紋が生体である必要がないんです。出入国の際に、シリコン製の人工指紋で通り抜けた外国人もいますよね。人工の指紋でも認識してしまうくらいですから、体から切り離された指だけでも認証はパスできるんですよ」

「じゃあ、ホシの目的はガイシャの指そのものだったということか」

「おそらく」

それが、吉川の推理だった。すべての指が切断された上に、目を潰され舌を切り取られているから、目的が埋没していた。右手の人差し指だけが切り取られていたら、警察はすぐにパソコン内のデータを盗むためと気づいていただろう。犯人は指が欲しいという動機を覆い隠すために、野明にさらなる危害を加えていたのだ。

「本庁のサイバー班に、野明さんのパソコンを調べてもらいましょう。野明さんがパスワードを憶えていたら、それをキーボードから入力することでログインできます。ログインできれば、犯人がデータを盗んだ痕跡が残っているはずです」

「わかった。すぐに要請する」

課長の手配で、警視庁のサイバー班が野明のオフィスに向かった。解析した結果、何者かがオフィスに侵入した時間帯に消されたデータがあることが判明した。復旧ソフトでそのデータを甦らせたところ、服のデザイン画像だった。デザインの色や形を言葉で聞いた野明は、未発表のものだと答えた。犯人は野明のデザインを盗んでいたのだった。

デザインを盗む動機はただひとつ、それを自分のものとして、どこかに売り込む以外に考えられない。そこで、大手アパレルメーカーやデザイン事務所に捜査本部を挙げて聞き込みに回った。結果、野明の未発表デザインを持ち込んだ人物がいた。田辺理だった。

田辺はそのデザインを手みやげに、有名デザイン事務所への就職が内定していた。今日は仮出社の日だったので、吉川と近藤はオフィスの前で待ちかまえた。田辺は新生活へ踏み出す一歩手前で、その希望を断ち切られたことになる。だが、野明の絶望に比べれば何ほどのことでもないはずだった。

「いくら目的をごまかすためとはいえ、あそこまで残酷なことをしたのは、やはり野明さんを恨んでいたからか」

取調室で、吉川は田辺に問い質した。人の顔を見て話せない田辺は、俯いたままぼそぼそと答える。

「恨んでいたに決まってるじゃないですか」

「お前は遅刻を注意されただけだろ。そんなの、社会人として当たり前のことじゃないか。それをいちいち恨みに思っていたら野明さんの命がいくつあっても足りないと言ったのは、お前だぞ」

明らかになってみればあまりに身勝手すぎる犯行に、吉川は渾身の力で怒りを抑えなければならなかった。机の天板を叩くだけで田辺本人に危害を加えなかったのは、吉川の自制心がかろうじて怒りを上回っていたからだ。それでも田辺は、大きな音に怯えて肩を震わせる。その悄然とした様は、残虐な犯行とあまりに不釣り合いだった。

「……殺してないですから」

「なんだと？」

「殺してないですから。野明さんの命は、ひとつで足りてますよ」

田辺はたちの悪い冗談を口にしたように、前回も見せたいやな笑みを顔に浮かべた。瞬間、脳裏が赤く染まって体が勝手に動いた。拳をこいつの顔に叩きつけずにはいられない。そんな暴力的な衝動に全身を支配されたが、拳はすんでのところで動きを止めた。結局は、自制心が勝ってしまったのだった。

こんな人間のクズを殴ることもできないのか。吉川はかつて覚えたこともない絶望感に、体を貫かれた。姪を無惨に殺した男が処刑されても爽快感はなく、今また憎むべき犯人を殴ることもできずに留まってしまう。感情より理性が勝る自分が、吉川は疎ましかった。

田辺の自供により、犯罪の詳細が明らかになった。薬物で野明を眠らせた田辺は、自分の車で自宅アパートまで連れ戻り、浴室で危害を加えたという。周囲に人の耳がない場所で行われた犯行だろうという捜査本部の読みは、見事に外れていたのだ。田辺は単に、野明の手足を縛り、口に古い下着を詰め込んだだけだった。呻き声は隣家にも聞こえたはずなのに、都会の無関心が田辺を助けていたことになる。

野明に危害を加える際に使用した凶器は、中華料理用の大振りの包丁や錐、調理鋏などだという。そんな日常的な刃物が使われていたことが、かえっておぞましかった。

田辺の罪状は傷害罪なので、最も重い刑でも死刑にはならない。そのことに、世間は猛然と反発した。やがて世論に押されるように、直後の国会で重傷害罪が新設された。重傷害罪の最高刑は、死刑だった。

この法改正によって、相手の命を奪っていない被告人にも死刑判決が出せることになったのである。こうして日本はさらに一段階、厳しい社会《ハーシュソサエティ》の度合いを強めたのだった。

解説

細谷正充（文芸評論家）

　ミステリーのジャンルの内側には、さらに多様なジャンルが存在する。その中で、現在、隆盛しているのが〝警察小説〟であろう。もともと日本にも、島田一男・藤原審爾・結城昌治等の作家による、警察小説の系譜は存在したが、極めて細いものであった。それが一九八〇年代から九〇年代になって、しだいに変わっていく。逢坂剛の「百舌」シリーズや、大沢在昌の「新宿鮫」シリーズなどが好評を博し、警察小説の面白さが広まっていった。さらに、一九九八年の『陰の季節』から、警察組織に深くメスを入れることで、ミステリーのサプライズを発生させた横山秀夫の登場により、警察小説はより人気を集めるようになったのである。

　このような流れを背景にして、幾人もの作家が、警察小説に参入してきた。スポーツ小説でデビューした堂場瞬一は、第二長篇『雪虫』から始まる「刑事・鳴沢了」シリーズで、たちまち警察小説のホープとなる。多彩な作風で知られる佐々木譲は、二〇〇四年の『うたう警官』（現『笑う警官』）から「道警」シリーズを開始。その他にも幾つかの警察小説シリーズを抱えるようになった。一九八八年の『東京ベイエリア分署』（現『二重標的』）

から「ベイエリア分署」シリーズ（現「安積班」シリーズ）を開始した今野敏は、二〇〇五年に刊行した『隠蔽捜査』で、翌年、第二七回吉川英治文学新人賞を受賞。作品はシリーズ化され、第二弾となる『果断　隠蔽捜査2』で、第二一回山本周五郎賞及び、第六一回日本推理作家協会賞を受賞した。二〇〇五年の『ジウ』から警察小説に乗り出した誉田哲也も、すぐさま有力な書き手として認められた。さらには安東能明・笹本稜平・福田和代・日明恩・相場英雄などの作家が、次々と警察小説の秀作を発表。ここ数年にわたり、大きなブームが継続しているのだ。

そのような時代の風潮を受け、小説誌でも警察小説が増大していった。ミステリー専門誌である「小説推理」も、積極的に警察小説を掲載。幾つもの長篇が連載される一方で、読み切り短篇にも力を入れ、二〇一〇年から一二年にかけて、今野敏の「常習犯」、堂場瞬一の「去来」、東直己の「猫バスの先生」、貫井徳郎の「見ざる、書かざる、言わざるハーシュソサエティ」、誉田哲也の「三十九番」、福田和代の「シザーズ」の六作が発表された。そして、前三作が『誇り』（二〇一〇・一一）、後の三作が『痛み』（二〇一二・五）と、二冊のアンソロジーに収録されたのである。本書『警官の貌』は、その『誇り』収録の「常習犯」と、『痛み』収録の三作を一冊にした、警察小説アンソロジーだ。諸般の事情で「猫バスの先生」と「去来」が収録されなかったのが残念だが、実に読みごたえのある物語が並んでいる。前口上はこれくらいにして、各作品を紹介していこう。

冒頭を飾るのは、今野敏の「常習犯」だ。これだけ警察小説が増えると、新機軸を打ち出すだけで一苦労だが、作者は軽々とやってのけた。警視庁捜査三課の刑事を主役に据えたのである。ちなみに捜査三課とは、空き巣などの窃盗犯を担当する部署である。強盗や殺人事件を扱い、刑事部の花形といわれる捜査一課と比べると、事件は地味であり、警察小説の題材としては扱いが難しい。それを作者は、どのようにクリアしたのであろうか。

警視庁捜査第三課・盗犯捜査第五係に所属する萩尾秀一は、四十八歳のベテラン警部補だ。三十二歳で、やる気に溢れる武田秋穂とコンビを組んでいる。そんな萩尾たちが担当したのが、世田谷区で起きた空き巣事件だ。手口から、すぐに『牛丼の松』と呼ばれる常習窃盗犯・松崎啓三の犯行と見抜いた萩尾。しかし松崎は、続けて起きた強盗殺人事件の容疑者として捕まってしまう。これに疑問を抱いた萩尾は、秋穂を連れて、独自の捜査を進めていくのだった。

本作の中で萩尾は、秋穂に対して、「捜査一課が相手にするのはたいていは素人だ。殺人も放火も強姦も、プロというのは滅多にいない。だが、俺たちが相手にしている窃盗犯は、空き巣狙いにしてもスリにしても、プロが多い。俺たちはプロを相手にしているんだよ」という。ここに捜査三課の特殊性が凝縮されている。犯罪者がプロならば、それを相手にする萩尾たちもプロ。そうしたプロの眼力により、捜査一課が気づけなかった事件の真相に迫っていく、萩尾の姿が頼もしい。敵対関係にありながら互いを認めている、萩尾と松崎の、微妙な距離感も面白く、警察小説の名手らしい、味わい深い一篇だ。

なお、本作に登場する萩尾と秋穂は、二〇一二年に刊行された長篇『確証』でも活躍している。また、二〇一三年には『確証～警視庁捜査3課』のタイトルで、連続テレビドラマにもなった。本作で興味を持った読者は、こちらも読んだり観たりするといいだろう。

続く、誉田哲也の「三十九番」は、浅草署で留置係員をしている小西逸男という、初老の巡査部長が主人公。ユキという若い恋人がいるらしいが、それを除けば、平々凡々たる刑事生活をおくっている。だが、過去に留置していた男のこと川部という刑事に聞かれた頃から、彼の周囲に不穏な空気が漂いだす。

――という、粗筋に続いて内容に踏み込もうとしたが、どうにも書きづらい。最初の方にある〝なぜ多くの署員が「コニさん」と親しげに呼んでくれるのか。その理由はよく分からない〟という一文が、どれほど見事な伏線になっているのか説明したいが、それもできない。なぜなら詳しく触れようとすると、即、ネタバレになってしまうからだ。姫川玲子や魚住久江といった女性刑事を主役にした警察小説シリーズを書く一方で、『ジウ』や

『ハング』のように、作者は最終的に警察小説の範を超えてしまう作品を幾つか執筆している。そうした作者ならではの越境を、謎そのものにしたところに、本作の面白さがあるといっておこう。

デビュー作の『ヴィズ・ゼロ』から、スケールの大きなエンターテインメントを書き続けてきた福田和代も、二〇一二年に刊行した『スクウェア』で警察小説に参戦。それと同時期に発表されたのが、「シザーズ」である。

違法風俗営業の摘発を発端に広がりを見せていく事件を、立場の違うふたりの刑事が追う本作は、いわゆる〝バディ物〟といえよう。もともと刑事はコンビで動くので、バディ物と相性はいいのだが、作者の創り出したキャラクターがユニークだ。美人妻に逃げられ、幼い娘を育てるために警視庁通訳センターの通訳捜査官になった城正臣。独身寮時代は相部屋で、今は官舎の隣同士になっている、警視庁保安課の上月千里。横紙破りな城の言動に上月は呆れながら、どうしても彼を気にかけずにはいられない。上月の妻から〝片方の刃だけじゃ切れないけど、二枚合わせると切れるじゃないの。あなたと城さんって、なんだかそんなところがある〟といわれる、ふたりのバディぶりが、大きな読みどころとなっている。

さらに物語を通じて知ることができる、通訳捜査官の内実が興味深い。否応なく国際化していく日本で、通訳捜査官は、いかなる活動をしているのか。警察が対応すべき現実の最前線にいながら、あまり取り上げられることのない部署を、作者は果敢にクローズアップしたのである。

「見ざる、書かざる、言わざる　ハーシュソサエティ」の作者は、貫井徳郎である。ちょっと意外かもしれないが、貫井と警察小説の縁は古い。なにしろデビュー作の『慟哭』から、警察小説の部分を巧みに使い、サプライズを際立たせているのだ。二〇一〇年に、第二三回山本周五郎賞を受賞した『後悔と真実の色』も、驚くべきラストに到達する警察小説である。さらに『失踪症候群』から始まる三部作では、警視庁警務部人事二課の環敬吾をリーダーとする裏の組織が、公にできない犯罪を裁く様が描かれている。こちらは作者が好きだという、「必殺」シリーズを意識したという。どれも鬼手を好む、作者らしいミステリーだ。その精神は、本作にも受け継がれている。

ストーリーは、最初から衝撃的だ。ファッション・デザイナーの野明慎也が、両目を刺され、舌と両手の指を切断された、無残な姿で発見される。命は助かったものの、あまりにも悲惨である。この事件を警視庁の刑事と組んで追う、所轄署の吉川圭一は、揺れ動く心を抱えながら、真実を求めるのだった。

読み進めるうちに判明するが、本作の舞台は近未来だ。それも裁判員制度の蹉跌から、人ひとりを殺せば死刑になる、厳罰化社会となった日本である。野明が殺されなかったのは、そのような現状を踏まえてのことか。かつて幼い姪を無惨に殺されながらも、現在の死刑制度に賛成も反対もできない吉川の心情を通じて、厳罰化社会の是非が、読者に突きつけられる。宗教や社会問題をテーマとして取り上げることの多い、作者ならではの問いかけであろう。

だが、このテーマそのものが作者の罠であり、事件の真相は、実に意外なものである。つまりは作品のテーマを、読者の眼を真相から逸らす、仕掛けにしたのだ。そのくせ犯人の最後の一言で、再び物語はテーマへと回帰する。警察小説のスタイルを守り、重いテーマを表現しながら、これほどテクニカルなミステリーに仕上げた作者の手腕に脱帽だ。

以上四篇を俯瞰すると、警察小説の成熟を踏まえ、独自の色を出そうとする、個々の作家の気概が伝わってくる。警察小説というジャンルの多様性と可能性が、ここに結実しているのだ。だから本書は警察小説ファン必読の、アンソロジーになっているのである。

本作品は小社より刊行された『誇り』（二〇一〇・一一）
『痛み』（二〇一二・五）を再編集したものです。
作中に登場する人物、団体名は全て架空のものです。

双葉文庫

こ-10-05

警官《けいかん》の貌《かお》

2014年3月16日　第1刷発行

【著者】
今野敏《こんのびん》　誉田哲也《ほんだてつや》　福田和代《ふくだかずよ》　貫井徳郎《ぬくいとくろう》

【発行者】
赤坂了生

【発行所】
株式会社双葉社
〒162-8540 東京都新宿区東五軒町3番28号
［電話］03-5261-4818(営業)　03-5261-4840(編集)
www.futabasha.co.jp
（双葉社の書籍・コミックが買えます）

【印刷所】
大日本印刷株式会社

【製本所】
株式会社宮本製本所

【表紙・扉絵】南伸坊
【フォーマット・デザイン】日下潤一
【フォーマットデジタル印字】恒和プロセス

落丁・乱丁の場合は送料双葉社負担でお取り替えいたします。
「製作部」宛にお送りください。
ただし、古書店で購入したものについてはお取り替えできません。
［電話］03-5261-4822(製作部)

定価はカバーに表示してあります。

ISBN978-4-575-51658-6 C0193
Printed in Japan